公園には誰もいない・密室の惨劇

ShOji YuKi

結城昌治

P+D BOOKS
小学館

目次

公園には誰もいない

1

岡田弁護士に聞くまで、わたしは中西伶子の名を知らなかった。

しかしシャンソン界に不案内のわたしが、彼女を知らなかったのは当然だろう。歌手といってもまだ卵のようだ。二十二歳、失踪《しっそう》当夜は銀座のシャンソン喫茶「アルカザール」で歌っていたという。

父の敬一郎はもと子爵《ししゃく》で外交官をしていたが、数年前に退官して現在は肺結核のため入院している。

「矢野三保子という映画女優を憶えてるかね」

岡田弁護士がきいた。

「………」

すぐには思い出せなかった。遠い記憶だった。スクリーンから消えて二十年以上経つのではないか。時代劇の衣裳《いしょう》をつけた記憶がおぼろげに残っている。多分お姫様のような役だったろう。

「きみの年代では憶えていないかも知れんな。人気があったのは戦時中だ。若手の外交官だった中西氏と結婚して俳優をやめたが、もう四十七歳になる」

「それが伶子さんの母親ですか」

「そうだ。パリで生んだが、戦後間もなく引揚げてきた」

「退官してから病気になるまで、中西氏は何をしていたのでしょう」

「好きな絵を集めたり手放したりしていたようだ。二年ほど前にユトリロの贋物《にせもの》をつかまされた事件があって、わたしはそのときの訴訟で中西夫妻を知った。失踪した娘に会ったことはない」

伶子の失踪は四日前だが、入院中の敬一郎には心配させぬため知らせてないという。それで三保子が岡田弁護士に相談したのである。

「家族はその三人ですか」

「二つ年下の次女がいる。絵を習っているそうだが、家事は殆《ほとん》ど次女がみているらしい」

次女の名は理江、女中はいない。

わたしは調査を引受けることにした。正式には三保子に会って依頼を受けることになる。徹夜つづきの仕事を片づけたあとで、二、三日休養したいところだが、わたしの職業はそんな贅《ぜい》沢《たく》を言っていられなかった。個人営業の私立探偵は野良犬のように首輪さえはめていない。僅《わず》かな信用を元手に弁護士と契約して、刑事事件や民事事件の証拠資料の蒐集《しゅうしゅう》を主な仕事にしているが、それらに付随してさまざまな調査依頼も舞込んでくる。しかしいったん仕事が途切れると、タクシーのように町を流していれば客が手をあげてくれるという職業ではなかった。

2

有栖川宮記念公園の石塀《いしべい》に沿って南部坂を上ると、左手が区営の運動場で、右手の一帯は静かな住宅地だった。

運動場の柵際《さくぎわ》に車を駐《と》めた。

指定された時刻より五分ほど早かった。

どこかでピアノの音が聞えていたが、すぐにやんだ。

中西家は薔薇《ばら》の生垣《いけがき》に囲まれていた。花の色は赤ばかりだった。その華やかな色彩と対照的に、古風な二階建の洋館は暗く沈んで見えた。

石の門は鉄の扉《とびら》で閉ざされていた。

門の内側に、大きな犬が寝そべっていた。この家と同じように老いた犬だ。物憂そうにわたしを眺《なが》めたが、吠《ほ》えもしないし尾を振りもしなかった。

インターフォンのボタンを押した。

「はい」

女の声が返った。

「真木といいます。岡田弁護士の紹介できました」

「どんなご用でしょうか」

「おくさまが岡田さんからお聞きと思います。お訪ねするように言われました」

「――――」

玄関のドアが開いて、若い女が現れた。ボーイッシュな髪のせいか、子供っぽい感じだった。

「母は出かけておりますけど」

彼女は扉越しに言った。化粧は全くしていない。唇《くちびる》がかぶれたように荒れていたが、顔立ちは整っていた。ただし目立つ美しさではなく、例えば葉群に隠れがちな紫陽花《あじさい》のように寂しい。潔癖そうな澄んだ眼をして、肌《はだ》は浅黒かった。

「いつ頃《ごろ》お帰りになりますか」

「父を見舞いに行きましたが、もう戻ると思います」

「お待ちしてよろしいでしょうか」

扉の隙間《すきま》から、わたしは岡田弁護士の紹介状を渡した。名刺の裏に、わたしが、信頼できる私立探偵である旨を走り書きした紹介状だった。

「伶子さんのことで、おくさまが岡田さんにご相談されたのです」

わたしは、怪訝《けげん》そうに紹介状を読んでいる彼女に言った。

かつて、わたしの職業が好意をもって迎えられたことは一度もなかった。

しかし、彼女はすぐに事情を理解したようだった。

老いた犬が大儀そうに大きな体を起こした。

門扉《もんぴ》は内側に開いた。

両側の植込みも赤い薔薇ばかりだった。

重そうな樫《かし》材の玄関ドアには、真鍮《しんちゅう》のノッカーがついていた。

暖炉のある応接間へ通された。

分厚い絨毯《じゅうたん》を敷きつめた応接間の、壁に据えつけた本棚《ほんだな》は画集が多く、他の一方の壁には印象派風の油絵がかかっていた。作者のサインは読取れない。よく鞣《なめ》された革張りのソファはどっしりして、かなり年代を経ているようだった。窓があいているのに、空気が湿っぽく淀《よど》んでいた。

「失礼ですが――」わたしは立去ろうとする彼女に言った。「理江さんですか」

「はい」

彼女は無表情に頷《うなず》いた。

「大体のことは岡田さんに伺いましたが、その後、伶子さんから連絡はありませんか」

「はい」

「なぜ帰らないのでしょう」

「…………」

理江は口数が少かった。細い首を傾けただけだった。

失踪《しっそう》当夜の伶子は、十時すぎに最終回の出番を終り、マネージャーたちに挨拶《あいさつ》をして一人でアルカザールをでた。

ところが、アルカザールの筋向かいに愛用のスポーツ・カーを置いたまま、それっきり消息を絶ったのである。銀座地区は午前八時から午後八時まで駐車禁止だが、その時間外の駐車は自由で、伶子の車は翌日の午後になって駐車違反のカードを貼《は》られ、警察の呼出しを受け、初めて失踪が分ったのだ。

三保子に聞いたという岡田弁護士の話では、アルカザールを出て以後の伶子の足どりが全く分っていない。

当夜の服装は薄地の白い丸首セーターで、オレンジ色のスラックスをはき、黒革のショウルダー・バッグを提げただけだ。

「伶子さんの写真を見せて頂けますか。なるべく最近のものを拝見したいのです」

「アルバムでよろしいでしょうか」

「結構です」

「少々お待ち下さい」

理江は応接間を去った。

窓の向うに淡い夕焼け雲がひろがり、法師蟬《つくつくぼうし》が啼《な》きつづけていた。

やがてアルバムといっしょに、理江はコーラを運んでくれた。

伶子専用のアルバムらしく、家族の写真は少くて、それも伶子が写っているものに限られていた。

理江がシャッターを切ったという、両親と伶子だけの写真があった。庭の薔薇を背景に、三人とも幸福そうな微笑をたたえていた。むろん敬一郎が健康だった頃の写真であろう。長身の敬一郎は抱き寄せるように伶子の肩に手をかけ、小柄な伶子を真ん中に、三保子はカメラを意識したポーズで寄り添っていた。

「お父さんのお体はいかがですか」

わたしはアルバムをめくりながらきいた。敬一郎の入院は半年ほど前だった。

「この二、三日涼しいので、いくらか食欲がでてきたようです」

「早くよくなられるといいですね。新薬がつぎつぎにできて、外科手術も進歩してますから心配されることはないでしょう。理江さんは絵を勉強なさってるそうですが、学校はどちらですか」

「駿河台の綜合《そうごう》美術です。聴講生ですから、週に一、二度、好きな時間だけ出席すればいいんです。遊びに行ってるようなものですわ」

理江の態度がほんの少しうちとけてきた。

「これはどなたですか」

わたしはアルバムの一部を指さした。伶子とならんで、親しそうに芝生に腰を降ろしている男がいた。年齢は二十七、八歳だろう。テレ臭そうに白い歯を見せていた。

「クインテット・カオスというバンドのマスターで、相原正也さんです」

「こちらの人は？」

わたしは別のページをめくってきいた。

どこかのプール・サイドで撮った写真だった。伶子はセパレーツの水着姿で、彼女の肩に手を置いた男のほうは、ラグビーの選手のような逞《たくま》しい体をしていた。

「八木沼さんです」

八木沼淳二——作曲家だった。わたしは知らなかったが、理江の口ぶりでは歌謡界に名が売れている男らしく、伶子に歌の指導をしているという。

伶子が男たちと写した写真はほかにも何枚かあった。しかし、わたしの注意をひいたのは相原と八木沼の二人だった。

伶子はどの写真も美しく撮れていた。ある写真は愁わしげに、ある写真は男の官能を誘うような眼をして、細おもての顔だちは姉妹とも母親の三保子に似ている。

「日本の私立探偵も、アメリカの私立探偵と同じですの?」

理江は、テレビで放送されている人気番組のタイトルを挙げた。私立探偵を主人公にしたアメリカ製のドラマだった。わたしの職業はそのような比較で関心を持たれることが多かった。

「いえ」わたしは言った。「違うようです。アメリカの大部分の州では免許制になっていて、免許証《ライセンス》がないと探偵になれない。つまり、職業として公的に認められている。ところが日本では、大道易者と同じで誰《だれ》でも自由に開業できます。しかし、仕事が誤解されやすい点はアメリカも日本も変らないでしょう。実際の私立探偵はテレビ映画のヒーローになれませんよ。ガス会社の検針員のように地味な職業です」

「でも、ずいぶん危険の多いお仕事じゃないのかしら」

「誤解ですね。ぼくは警察官を九年勤めました。そして私立探偵になってから七年になるけれど、刑事だった頃のほうが遙《はる》かに多くの危険に遭っています。退職して、警察手帳を持たずに町を歩くようになったときはほっとしたくらいです」

「それでも刑事さんと同じように、いろいろな事件の捜査をなさるんでしょ?」

「しかし刑事とは立場が違います。依頼人の利益のために動きまわるので、犯人をつきとめるというようなことは滅多にしません。弁護士の助手みたいな仕事が多いんです」

理江は好奇心を示し、わたしは余分なことを喋《しゃべ》った。

固かった理江の態度がやわらいできた。

「家出という言葉は当らないかも知れませんが、伶子さんが無断で家をあけたのは今度が初めてですか」

わたしは話を戻した。

「…………」理江は言い淀んだ。「母に聞いてください。四日も帰らないのは初めてです」

「伶子さんと特に親しかった男性は誰でしょうか」

「…………」

理江は俯《うつむ》いて考える間を置いた。しかしそれは考えるふりをするだけで、知っていても言い難い様子だった。

玄関で人の気配がした。

「母ですわ、きっと」

理江は救われたように席を立った。

3

理江は三保子を案内して姿を消した。

「ごめんなさい、お待たせして――」

三保子は馴《な》れ馴れしく言った。写真で見た印象より華やかだった。藤色《ふじいろ》のきものに白っぽい帯を締め、美しい額を際立たせるように艶《つや》のある髪を束髪風に結い上げていた。本当の年齢を知らなければ、せいぜい四十歳前後にしか見えなかった。粋な着こなしは、あながち女優だったせいではあるまい。淡いルージュをひいた唇《くちびる》と、やや険のある切長の眼に軽く疲れたような色気があった。スクリーンで見た遠い記憶のお姫様とは結びつかない。

わたしは自己紹介をした。

「案外お若いのね。おいくつかしら」

「三十九です」

「やっぱりお若いわ」

三保子はエナメル塗りの黒いハンドバッグをあけ、ロングサイズの煙草をくわえた。

わたしは、彼女の若さを讃《たた》えるように促されたと思ったが、愛想のない代わりに、ライターの火をつけてやった。細くしなやかそうな指の爪《つめ》は真珠色のマニキュアが光り、左の薬指にはめた指輪は、帯止めと揃《そろ》えて注文したような翡翠《ひすい》だった。かなり贅沢《ぜいたく》な派手好みである。

しかし、入院中の亭主の分までわたしが心配することはなかった。その身装《みなり》などから推して、敬一郎を見舞ってきたとは思えないが、そんな詮索《せんさく》も余計だろう。

わたしは早速用件に入り、伶子の行方について心当りの有無を尋《たず》ねた。

「伶子がいそうなところは全部探しましたわ。どこにもおりません。中軽井沢に別荘がありますが、そこにもいないようです」

「別荘へ行ってごらんになったんですか」

「いえ、昨日から三、四回電話をかけましたけど応えがありません。先月の二十五日に別荘をしめて、軽井沢にはもうお友だちもいないはずですし、旅行しているとすれば別の方面だと思います」

「車を残していかれたというのが気になりますね」

「それで心配になって、岡田先生にご相談したんです」

伶子の車はMG・ミゼット、2ドアのコンバーティブルである。三保子も理江も運転ができないので、その車はサービス・カーに頼み自宅近くの貸ガレージに運んでもらったという。

「伶子さんの意思で失踪《しっそう》されたと仮定した場合、どのような理由が考えられますか」

「分りませんわ」

「考えてください。自殺する心配はありませんか」

「それはありません。最近吹込んだレコードの評判がとてもよくて、レコードは三曲目ですけど、レコード会社の人たちにも今度こそ成功すると言われています。ご存じないかしら『公園には誰もいない』という曲を。この頃《ごろ》は喫茶店などでもよく聞きますわ」

三保子は煙草を揉《も》み消し、当然知っているはずだと言いたそうだった。

「さあ？……」わたしは憶えがなかった。「伶子さんが最近吹込んだという曲ですか」

「ええ、作詞も作曲も伶子がして、八木沼先生に少し直してもらいましたけれど」

「聞けば知っているかも知れません。ぼくは忘れっぽくて、それに音痴なのです。聞かせて頂けますか」

「きっとご存じよ」

三保子は立上り、本棚《ほんだな》の脇《わき》のステレオ・キャビネットを開いた。

音楽が流れた。

静かな前奏につづき、伶子の声はやや嗄《かす》れ気味で、物憂そうに、稚い歌いぶりだがメロディーは悪くなかった。台詞は恋を失った女の心をつづり、男を恨むわけではなく、自分を嘆くわ

けでもなく、
『………
でも
あたしはもう泣いていない
風に吹かれ
枯葉のように
公園には誰もいない……』
というリフレインが耳に残った。
自分の胸にそっと語りかけるようなシャンソンふうの歌だった。
「いい歌ですね」
わたしはお世辞ではなく言った。
「これからもっと流行りますわ。そうすればテレビやラジオにも出演できるようになるし、その矢先に、自殺するなんてことは考えられません。伶子はとても張切って、一所懸命勉強していたのです」
三保子は何度聞いても飽きないというように、ふたたび同じレコードをかけた。
『拾った貝殻を捨てるように

あなたは行ってしまったけれど
楡《にれ》の木蔭《こかげ》で
束の間の恋は信じやすくて
小径にたわむれていた蝶《ちょう》も
魚をすくっていた子供たちも
みんな遠くへ行ってしまった
でも
……』

リフレインが物寂しげにつづく。

「男に背かれたときの作品のようですが――」わたしは言った。「実際にこういう経験があったのでしょうか」

「どうかしら。伶子は気まぐれでわがままな娘ですが、二十二といえば子供ではありません。あたしは好きなようにさせておりました。恋愛をして、たまには失恋することがあっても不思議じゃありませんわ」

「伶子さんから直接お聞きになったことはありませんか」

「以前、ピアノを教えて頂いていた相原正也さんという人を好きになったことがあります。でも、相原さんのことは伶子が振ってしまったようです」

「それはどなたにお聞きになったんですか」

「相原さんが宅にいらっしたときの、二人の様子を見れば分りました。伶子に聞いたこともありますけど、今では同じステージで相原さんのバンドが演奏し、伶子がシャンソンを歌って、いっしょにお仕事をしているだけのようです。近頃の若い人たちはあっさりしてますわ」

「相原さんは独身ですか」

「そう聞いています」

「トラブルに巻込まれて、脅迫されていたということはありませんか」

「例えばどんなことでしょう」

「心当りがなければ結構です。アルカザールに出演する以外に、伶子さんは歌の勉強をなさっていただけですか」

「八木沼先生に来て頂いてピアノも習っています。伶子は飽きっぽくて、初めはバレリーナになると言ってバレエの学校へ行き、次ぎは俳優になりたいと言いだして劇団の養成所へ半年くらい通ったでしょうか、それから一時はファッション・モデルをしたり、テレビのコマーシャルに出たりして、一年ほど前からようやく落着いてシャンソンの勉強を始め、アルカザールに出演させてもらえるようになったのです。アルカザールのステージは週二回、八木沼先生に来て頂くのは毎週火曜ですが、そのほかはよく遊んでいるようでした」

「遊ぶのは主にどういう所でしょう」

「車が好きですし、ダンスやボーリングなどのお友だちも多いようです」

「現在、婚約者か恋人はいませんか。あるいは、特に親しいと思われるボーイ・フレンドがいたら教えてください」

「……そういう方《かた》はいないと思います。伶子が遊ぶのはいつも外で、宅にお友だちをつれてきたことは殆《ほとん》どありません」

「伶子さんが無断で外泊なさるのは今度が初めてでしょうか」

「もちろん初めてですわ。なるべく自由にさせてますが、放任しているわけではありませんし、伶子自身決して不しだらな娘ではありません。それに伶子は飽きっぽいと言いましたけれど、歌の勉強は自分から一所懸命やる気になっていたのです」

二回目にかけたレコードが終り、三保子はソファに戻った。

三保子の話は、理江に聞いた話と多少食い違っていた。三保子の話には大事なポイントが一つ抜けている。伶子の失踪理由について心当りがないと言うばかりだ。

わたしは調査の基準料金を告げた。地方へ出張した際の旅館代などは実費を別に請求する、調査内容は絶対に他へ洩《も》らさない、調査の経過は可能な限り毎日報告する、被調査人が刑事事件に関連していた場合は告発することもあり得る……。

「ずいぶんお堅いのね」

「やくざな仕事になりやすいからです」

「あなたを信用していいのかしら」

「信用されないまま仕事を受けることもあります」

「あなた、ご家族はいらっしゃるの」

「ぼく一人です」

「おくさんは？」

「八年前に別れました。今はどこにいるか知りません」

「――――」三保子は探ぐるようにわたしを見つめ、そして「伶子のこと、お願いしますわ」

わたしはアルバムから選んで、伶子の写真を二枚借りた。アングルは異っているが、二枚とも、彼女が姿を消した夜と同じ丸首のセーターを着たポートレートだった。しなやかそうな髪は頰《ほお》のあたりに黒い波をうち、外国の映画女優を真似た眉《まゆ》や唇などの化粧はかなり濃いようだ。

「ところで――」わたしは腰を上げる前にきいた。「捜索願を出されましたか」

「いえ、伶子は有名になるチャンスをつかみました。その大事なときに警察沙汰《ざた》で騒がれたくありません」

「しかし万一の場合を考えてください」

捜索願を出しても、警察は各署へ手配簿をまわすだけだ。わざわざ新聞記者に発表することはないし、専任の捜査員をつけて探がさせるほどの余裕もない。ただ捜索願をだしておけば、もし家出人が身元不明の変死体などになっていた場合、手配簿との照合によって身元が分ることが多い。

「あなたは、伶子が自殺したかも知れないと考えていらっしゃるのね」

「ぼくの仕事は、つねに万一のときを考えます」

「大丈夫ですわ。伶子は決して自殺なんかしません。先ほどもお話したように、伶子は毎日が愉しくてたまらなかったはずです」

――そうだろうか。

わたしは疑問だった。それほど毎日を愉しんでいた者が、なぜ四日も姿を隠し、家族を心配させるのか。

その理由は三保子も分らぬという。

わたしは中西家を辞した。

自分の車へ戻る前に、伶子の車を預けてあるという貸ガレージを覗《のぞ》いた。空地を利用した露天の駐車場だった。中西家の薔薇と同じ真紅の、MG・ミゼットが主人の帰りを待つように駐っていた。

法師蟬《つくつくぼうし》が啼《な》きやみ、夕焼けの雲は夜に溶けて、街灯のひかりに一匹の蛾《が》が羽を震わせていた。銀色の鱗粉《りんぷん》を撒《ま》きちらしながら、それは光の呪縛《じゅばく》から逃れようと、必死に悶《もだ》えているように見えた。

4

喫茶店アルカザールは銀座の並木通りのビルの地階にあった。階段を下りて黒いガラス・ドアを押すと、店内は意外に広く、コーヒーを飲むよりシャンソンを聞きにくる若い客で九分どおりテーブルが埋まっていた。

わたしは二人づれのハイティーンの少女と相席になり、ボーイにコーヒーを注文し、プログラムをもらった。

狭いステージでは、五人編成のバンドの伴奏で、二十歳くらいの、大きな眼の愛らしい小柄な女が「私のジゴロ」を歌っていた。

プログラムを開くと九月のスケジュール表があって、今日の夜の部の出演者三人の中に中西伶子の名が組まれていた。他の二人のうち、一人は少女歌劇出身の有名な歌手で、もう一人は聞いたことのない男の名だ。専属バンドはクインテット・カオス。ピアノ、ベース、ドラム、ギター、エレクトーンの五人で、写真で見憶えの相原正也がピアノを弾いている。写真の印象より弱々しそうだが、薄暗い照明の下の横顔ではよく分らない。

プログラムの裏面には伶子が吹込んだレコードの広告が載っていて、その余白に、「アルカザール」はイヴ・モンタンがデヴューしたマルセイユのミュージック・ホールであるというようなことが雑録ふうに小さな活字で印刷されていた。

わたしはとなりの席の少女に、ステージで歌っている歌手の名をきいた。

「早川ルリです」

少女は教師の問に対するように答えた。

「中西伶子は休みですか」

「どうかしら。あたしたち、さっき来たばかりなのよ」

今度は教師に対する答え方ではなかった。せっかく歌を聞いているのに、邪魔をされたくないようだ。お喋《しゃべ》りをする者などはいなくて、みんな熱心に聞いている。

ボーイがコーヒーを運んだ。

「堤さんは来てますか」

来ていたら会いたい、とわたしは言った。堤というのは、アルバムを見て理江に教えられたこの店の経営者だった。堤プロダクションという音楽プロの経営を兼ね、伶子のマネージャーをしている。

ボーイが去り、待たされている間に早川ルリの歌が終った。

初めて聞いた歌手だったが、人気があるらしく、拍子が湧いた。

ルリは次ぎの男性歌手を紹介してステージを下り、わたしの脇の細い通路をとおって、後部の壁際のボックスへ行った。そこが歌手たちの控室《たまり》になっているようだった。

間もなくボーイが戻った。

カウンターの裏側の事務室へ案内された。狭い部屋だった。壁いっぱいにシャンソンのリサイタルやレコードのポスターが貼ってあった。

堤は小さな机に向っていた。

「真木といいます」

わたしは名刺を渡し、伶子の母に頼まれて伶子を探しているとだけ言った。誤解を招きやすい職業は言わなかった。

堤は腰の低い社交的な挨拶《あいさつ》をして、椅子をすすめてくれた。色黒で、ひげの剃りあとの濃いごつそうな顔に似合わず、山羊のような優しい眼をして、物腰や言葉つきも優しかった。年は四十歳くらいだろう。老《ふ》けて見えるので、あるいはもっと若いのかも知れない。いくぶん警戒的な様子は、恐らく、わたしの名刺に勤務先などの肩書がないせいだ。

「私もお母さんにきかれて心当りを探しましたが、見つからなくて心配しています。とにかく、ステージのない日でも毎日のように店に来てましたし、無断でステージを休んだのは今夜が初めてです。ふらっと旅にでたとしても、今夜六時までにはくると思っていました」

ステージは昼の部と夜の部とに分れ、夜の部の開始が六時だった。たまたま早川ルリが店にきていたので、伶子の代わりに出演させたという。早川ルリもアルカザールの出演メンバーの一人で、まだ他のステージに立ったことのないシャンソン歌手の卵だが、伶子と同じように、暇さえあればアルカザールにきて先輩歌手たちの歌を聞いているらしい。

堤はニコチン止めのホルダーに煙草を差したまま、火をつけずに静かに話した。

「心当りを探したというと、例えばどこですか」

わたしはきいた。

「友だちの所とか、中西さんがよく行っていた新宿のボーリング場などです」

「彼女といちばん親しかった友だちは誰でしょう」

「さあ――」

堤は答えないで、答えたくないという意思を示すようにわたしの名刺を眺めた。依然警戒しているようだ。

「教えてくれませんか。ぼくに不審があれば中西夫人に電話をなさってください」

「しかし、私がうっかり喋ったことでほかの人に迷惑がかかると困ります。失礼ですが、ご職業を伺わせて頂けますか」

「私立探偵です」

わたしは隠さぬほうがいいと判断して言った。

「――――」

堤はまた名刺に視線を落とし、顔を上げなかった。

「中西夫人に依頼されたことは電話一本で分ります。ぼくは信じてもらう以外にない。伶子さんが見つかればいいので、どなたにも迷惑はかけないつもりです」

「――――」

堤は顔を上げた。しかし、まだ答えなかった。ようやく気づいたように煙草に火をつけ、壁のポスターを眺め、深く吸いこんだ煙を吐いて、わたしに視線を戻した。

「瀬尾という人はお知合いですか」

堤がきいた。

憶えがなかった。

「背の低い、ずんぐりした男の人です」

年は四十五、六歳だという。

「知りませんね。その人がぼくを知っていると言ったんですか」

「いいえ、昨日と、それからつい先ほども店に見えまして、中西さんがどこにいるかきかれました。やはり彼女のお母さんに頼まれたそうです」

「おかしいな」

わたしは机の隅《すみ》の電話機を借り、中西家のダイヤルをまわした。

理江の声がでた。

三保子に代わってもらって、受話器を堤に渡した。

堤は瀬尾について尋ね、つぎにわたしのことをきいた。

その応答の模様で、三保子に依頼されたという瀬尾の話は嘘《うそ》と分った。三保子は瀬尾を知らないと答える。

堤は受話器をおろした。

すると、瀬尾という男はいったい何者なのか。

堤は首をかしげるばかりだった。

わたしは話を戻し、伶子の親友をきいた。

「早川さんと仲がよかったようです。しかし、四日前の晩ここを出て以来、早川さんにも全然連絡がないと言っています」

「四日前の晩のことを話してください。彼女の様子に、変ったことはありませんでしたか」

「なかったと思います。私は事務室にいたので、いつの間に中西さんが帰ったのか知らなかったんですが、その前のステージでは元気で歌っているようでした」

ステージの歌声はこの事務室にいてもよく聞え、今は男の歌手が「街角」を歌っている。最終回のステージを終っても、たいていは店をしめるまで待ってみんなと一緒に帰るが、伶子は、夜が遅いせいか自分の出番が終り次第さきに帰ってしまうことも珍しくなかったという。そんな場合は伶子に限らず、いちいち事務室の堤に帰りの挨拶をしたりはしない。ステージにアナをあけなければいいらしい。

「彼女がアルカザールで歌うようになったのは、どういう経緯《いきさつ》からですか」

「初めはお客さんだったんです。そのうち店の者と顔馴染《かおなじみ》になって、オーディションを受けたのがちょうど一年くらい前になります」

「オーディションというのは？」

「新人採用のテストです。毎月第一土曜日に閉店してからオーディションをやっております。僭越《せんえつ》ですが私どもが審査をして、合格者はうちのステージで歌っていただき、今では有名な歌手になった方もいます」

堤はその歌手の名を挙げた。テレビなどで盛んに活躍している男の歌手だった。

「彼女は合格したわけですか」

「ええ、もちろん素人ですから難はありましたけど、劇団にいたことがあるせいかムードをうまくつかんで、ハスキーな声もよかったし、私はすっかり気に入り、うちの専属バンドをお願いしている相原さんも合格点をいれてパスさせました」

「彼女は芸熱心でしたか」

「非常に熱心でした……」

しかし伶子の熱意より、母親の三保子はさらに熱心だったらしい。最初の頃は稽古《けいこ》にまで一緒についてくる熱のいれようで、相原正也を個人教授に招き、三曲のレコードを吹込んだ費用もすべて中西家からでている。採算さえとれれば、レコード会社はどんな新人の歌でも吹込ませてくれる。作曲家や作詞家への謝礼などを含めると、かなりの金がかかったに違いないという。

「最近吹込んだ歌が好評のようですね」

わたしは三保子に聞かされたばかりのレコードを、ほかでも聞いたことがあるように言った。

伶子のマネージャーをしている堤に対し、小さな餞《はなむけ》のつもりだった。彼の態度はかなり協力的になっている。しかし、

「ええ」

堤は釈然としない顔つきで頷いた。

「八木沼淳二という作曲家をご存じですか」

わたしは話を変えた。

「知っています。実は不手際をお話することになりますが、今度の中西さんの歌は、私どものプロを通さずに八木沼さんがレコード会社へ売り込んでしまったんです。私どもの力が至らないからそういうことにもなったので、強いことは言えませんが、フェアではないと思っています」

「堤さんを無視したわけですか」

「そうですね。中西さんには悪意がなくて、あとで私に謝りました。八木沼さんが彼女のお母さんに入智恵《いれぢえ》したようです」

「八木沼さんというのはどんな人ですか」

「詳しいことは知りません。レコード会社やマスコミ関係に顔がきくようなことを自分で言ってますが、ヒット曲のない作曲家で、音楽ブローカーにすぎないと悪く言う人もいます」

「妻子はいるんですか」

「三、四年前におくさんを亡くしたという話を聞いたことがあります。子供がいたかどうかは知りません」

穏健そうな人物に似合わず、八木沼に対する堤の嫌悪《けんお》は烈しいようだ。

しかし倫子に対しては、新作発表に際しプロダクションの体面を傷つけられてもシコリを残さず、相変らずアルカザールのステージに立たせ、客のリクエストがなくても自由に新作の歌を歌わせていたらしい。それは堤の寛大な性格のせいか営業政策のためか、あるいは伶子の無邪気が周囲をまるくおさめたのか分らない。とにかく、彼女の歌が好評だったことは確かなようだ。

わたしは八木沼の住所をきいた。四谷のマンションだった。電話番号は知らないという。

「中西伶子の失踪をどう考えますか。車を置き去りにして四日も姿を消している」

「分りません。わたしも車をつかってますが、銀座にくると、八時まではどこも駐車禁止なので近くの有料駐車場へ預けます。そして八時になったらこの辺の路上に駐《と》めておくんです。中西さんも同じようにしていました」

「このようなことは考えられませんか……」

わたしは仮説をたてた。

伶子はようやく売りだしかけた新人だろう、このチャンスを逃がさぬために失踪騒ぎを起してマスコミを利用すれば、傷ついた女ごころを歌った歌詞と相俟《あいま》っていっそうレコードが売れるかも知れない、八木沼の案か三保子の案か分らないが、とにかくそう言って伶子を説得し、彼女に一芝居うたせたのではないか……。

「さぁ――」堤は否定的だった。「マスコミはそれほど甘くないでしょう。中西さんの今度の歌が好評といっても、知られているのはごく一部の人たちの間です。マスコミでは全く無名で、かりに自殺したところで、週刊誌が記事にするかどうか疑問です。失踪したくらいでは問題にされないでしょうし、いくらスキャンダルの好きな週刊誌でも、失踪騒ぎは古くさいと思われて相手にされません」

「なるほど」

わたしは頷いた。

しかし、自分の考えを捨てたわけではなかった。堤の意見は芸能界の事情に通じた者の正論であろう。だが、三保子は二十余年前のスターだ。そのスターだった頃の古い感覚でマスコミを賑《にぎ》わそうとするなら、失踪騒ぎを起こさせる案も不自然ではあるまい。そして失踪をもっともらしく見せかけるために、捜索願の代わりに殊さら私立探偵を使って騒ぎを広めるのも、決して頭の悪くない手段だろう。

会ったことのない男だが、ただし八木沼なら、もう少し利口な手を考えそうな気がする。

ステージから聞える歌は男の歌手が終り、少女歌劇出身の歌手に替っている。

それが終ると、次ぎの開演まで三十分の休憩になるという。

わたしは、堤に早川ルリへの紹介を頼んだ。

彼は快く承知してくれた。

5

アルカザールの店内では、周囲が気になって話しにくかった。

早川ルリを近くの喫茶店へ誘った。

堤の紹介が彼女を安心させたらしく、気持よくつき合ってくれた。客席から見たステージの姿より、明るく生き生きとした娘だった。靴磨《くつみが》きの少年のような、胸当てのついた吊《つ》りズボンが愛らしく似合った。全然化粧をせず、素朴に洗練された都会っ子のおしゃれだ。しかしもう子供ではなく、ふとした身のこなしに女の息を感じさせる。

注文したコーヒーが運ばれるまでに、ルリのあらたまった口調がほぐれてきた。

彼女の話によれば、失踪《しっそう》当夜の伶子は多少おかしかったらしい。時折暗い顔をして、落着きがなかったというのだ。

「なぜだろう」

「分りません。お母さんと口喧嘩《くちげんか》したと言ってましたけど、それが原因じゃないみたいでした。そして自分の出番が終ったら、誰にも挨拶しないでふっと出ていってしまったんです」

「そのときの服装を憶えてますか」

「ステージがある日の服装はいつも同じです。夏でも冬でも、ジュリエット・グレコがいつも黒ずくめのように、伶子は白い丸首セーターにオレンジ色のスラックスだったわ。そして、ゆるやかな細い金のネックレスをつけていました」

ステージの効果を狙った服装だろうが、そのまま街を歩けば相当目立つに違いない。

黒革のショウルダー・バッグを提げていたことも岡田弁護士に聞いた通りである。

「腕時計をしてましたか」

「いえ、バッグの中に持ってましたけど、腕にはしません。腕時計をして歌うのは、あたしも嫌《きら》いなので伶子さんとそう話し合ったことがあります」

「イヤリングや指輪などはどうでしたか」

「金のネックレスのほかはみんな嫌っていました。ものすごくおしゃれなんです」

「自信のあるおしゃれですね」

ごてごて飾るおしゃれは、わたしの趣味にも合わない。

「そうね。でも、あたしなんかにはとても真似できないわ」

しかし顔だけは、どこが気に入らないのか、念入りに化粧していたらしい。

「服装のほかに、何か伶子さんの特徴になるものはありませんか。ぼくは彼女の写真しか知らない。服装を変えられたら、ちょっと頼りないんだ」

「……………」

ルリはテーブルの上に両手を組んだ。きれいな指だった。

「マニキュアをしてましたか」

「いえ」

「お母さんと口論した原因は何ですか」

「新しい車を欲しいと言って、叱《しか》られたそうです。でも、だから古い車を置去りにして家へ帰らないなんて、子供っぽすぎるわ」

「しかし、彼女には子供っぽいところがあったんじゃありませんか」

「拗《す》ねてるのかしら」

「かも知れないでしょう。お母さんはそう心配しているように見えなかった」

「それじゃ四日も家をあけて、お店にも来ないでどこにいるのかしら。いま、伶子はいちばん大事な時だわ」

「新しい歌のことですか」

「ええ」

「麻布のお宅へ伺ったとき、ぼくもそのレコードを聞きました」

「とても素敵な歌だわ。まだレコードが売出されて間がないし、伶子がアルカザールで歌っている程度だからあまり知られていないけど、きっとヒットする歌よ。伶子は有名になるわ。その大事なときに家出をするなんて、あたしにはどうしても信じられない」

「しかし――」

わたしはルリにも偽装失踪説を試みた。

ルリは否定した。堤の意見と同じだった。そんな芝居が成功すると信ずるような伶子ではないというのだ。

「伶子はだらしのない面もあるけど、仕事についてはもっと利口だわ」

「どういう面にだらしがなかったんだろう」

「言えないわ」

「今度の歌は三曲目でしょう。それ以前に吹込んだ二曲も、彼女の作詞作曲ですか」

「いえ、二曲ともフランスでヒットしたシャンソンです。日本では伶子よりあとに吹込んだ人のレコードが流行って、伶子のレコードは売れなかったらしいわ。伶子は無名だし、宣伝も足りなかったのね。有名な歌手にテレビやラジオで歌いまくられたら、無名の新人は到底かなわない。堤さんがせっかくヒットしそうな歌を見つけて伶子に歌わせたのに、運が悪かったのよ。でも、今度は自分で作った歌だから絶対に大丈夫。伶子があんないい歌を作ったなんて、びっくりしちゃったわ」

「あの歌詞は彼女の体験だろうか」

「どうかしら。冗談にきいてみたけど、伶子は笑って答えなかったわ。体験だとしても、ずっと前のことね。今は失恋している様子なんか全然ないわ」

「しかし、暗い顔をしていたというのが気になるな。現在の彼女の恋人は誰ですか。興味本位で知りたいわけじゃない。彼女がいる所を探すためです」

「分らないわ。伶子はボーイ・フレンドが多いのよ」

「たとえばどんな連中だろう」

「お話しできないわ、プライベートなことですもの」

ルリは口を噤《つぐ》んでしまった。

無理もなかった。初めて会った男の質問にペラペラ喋《しゃべ》るようなら、伶子の友だちとして、わたしもルリを信用しないだろう。

わたしは質問を変え、伶子がよく遊んでいたという場所を二、三聞いた。ジューク・ボックスで音楽を聞けるスナック・バーや、ボーリング場などだった。

しかしそれらの場所に、四日前から伶子の姿が見えないことはルリが確かめていた。

「新宿のモダン・ジャズ喫茶へつれてゆかれたことがあるけど、それはずいぶん前だったわ」

「何という店ですか」

「ゼロ――」

場所は三越の裏あたりだという。

彼女の出演する時間が迫ってきた。

いっしょに喫茶店をでた。

そのとき、通りかかった若い女がルリに声をかけた。髪を染めて、派手な服を着た平べったい顔の女だった。

女は元気のいい親しそうな声をかけただけで、急ぎ足に行ってしまった。

「今の人――」ルリは言った。「伶子の家のお手伝いさんだったのよ」

「今は？」

「この近くのロマンスというバーに勤めてるわ。北九州から上京して伶子の家のお手伝いさんになり、三ヵ月くらいで辞めて渋谷の喫茶店に勤め、それからバーで働くようになったって聞いたわ。あたしは伶子の家で一度会ったきりなのに向うで憶えていて、このごろ時々伶子の歌を聞きにアルカザールに来るのよ。お手伝いをしていた頃と全然見違えるように変ったわ」

「名前を知ってますか」

「ほんとは清子という名前で、お店では清美って言ってるらしいわ。いつも誘われているけど、あたしは一度もそのお店に行ったことがないのよ」

女中からバーのホステスへ——別に珍しくもないだろう。わたしが知っていた女は、ラーメン屋の店員からいつの間にかナイト・クラブのホステスになっていた。

わたしは清美の後姿を見送り、早川ルリにサヨナラを言った。

6

電話帳を調べ、八木沼が住んでいるという四谷のマンションへダイヤルをまわした。交換台にでた男の声が、八木沼の不在を伝えた。外出先は分らなかった。

新宿へでた。三越裏といっても、ジャズ喫茶ゼロは甲州街道の陸橋のほうに近かった。板戸一枚の狭い入口は、中華料理店に隣合って、白ペンキの薄汚れたドアを押すと、充満していた熱っぽい空気とヴォリュームいっぱいにがなりたてるロックに押戻されそうな気がした。暗い階段が地下へ曲っていた。

廊下がそのまま客席のような、細長い小さな店だった。満員の客はハイティーンから二十二、三歳くらいまでの男女が大半で、黒人やアメリカ人くさい外人もまじえ、席がなくて壁にもたれている者もいた。体臭と煙草の煙と音楽で蒸された密室である。

わたしは彼らを知らない。誰《だれ》一人として知った顔はいない。

しかしわたしには、彼らが何処かから逃れてきた者たちのように見えた。テーブルを叩き、体をゆすり、あるいはサウンド・トラックの喚声といっしょに呻《うめ》くような声をあげ、片隅《かたすみ》で分厚い本を開いている者もいる。彼らはこの穴倉に似た密室にもぐり、外部から閉ざされることによって、初めて彼ら自身を解放しているように見えるのだ。

わたしは壁にもたれ、しばらく若者たちを眺《なが》めていた。

気がつかないのか、三人ほどいるボーイは注文をとりにこない。

壁に貼ったメニューはマジック・インクの太い字で、コーラなどの飲物のほかにカレーライスやスパゲッティも食べさせるらしい。

伶子の姿は見えない。

奥のほうにカウンターがあって、その前で踊っている女が伶子に似ていた。

しかし違うようだ。

わたしの向かいに、小さなテーブルを囲んで五、六人の男女が窮屈そうに肩を寄せ合っていた。グループなのか、たまたま同席したのかは分らない。

「中西伶子を知りませんか」

わたしは彼らにきいた。

わたしを眺めただけで、誰も答えなかった。

写真を見せた。

視線が集まった。

「知らねえな」

わたしの顔と見較べて一人が呟《つぶや》いた。

「二、三日前にきてたよ」

別の一人が言った。派手なチェックのシャツを着て、顎ひげを生やした男だった。じじむさいひげだが、せいぜい二十三、四歳だろう。

「あたしも会ったわ」
十八、九歳の、割合きちんとしたスーツの女が言った。といって学生でも会社勤めでもなさそうで、クロッキー・ノートを抱えたところをみると画家かデザイナーの卵のようでもあり、とにかく得体は知れない。
音楽がうるさかった。

二人に外へ出てもらった。

わたしは伶子の従兄を装い、まず、伶子がゼロに現れた日を知りたかった。

「一昨々日《さきおととい》じゃなかったかな」カストロひげの青年が言った。「とにかく夜なか頃ですよ、彼女が久しぶりにきたのは。きょうは何曜ですか」

「月曜日だ」

「その前は日曜でしょう」

「一昨々日というと金曜になる」

「分らないな。ぼくは毎晩きてるから、三日前も四日前もいっしょになっちまってる」

彼は伶子の顔を知っていた。話をかわしたこともあった。しかし伶子の名は知らずにいて、彼女はしばらく前からぷっつりゼロへ現れなくなっていたという。

クロッキー・ノートを抱えた女も、伶子の名や住所などを知らぬままゼロの内部だけで伶子と交際していたらしい。

彼や彼女らにとって、名前などはどうでもいいのだ。声をかければすぐ友だちになる。別れたら、ふたたび会う日を考える必要はない。ゼロへ行けば誰かがいて、共通の心を交換し合えるのだ……。

「どうして探してるの」

女がきいた。

「四日も帰らないから心配している」

「あのひと、ほんとにあなたの従妹?」

「もちろんさ」

「変ね」

「なぜだい」

「昨日も、従兄だという人が探しにきたわ」

「どんな男だろう」

「まるで刑事みたいな口のきき方をして、ずんぐりした感じの悪い人よ。あなたより年上だったわ」

やはり伶子の写真をもってゼロに現れたという。アルカザールにも現れた瀬尾という男のようだ。

「知らないな」

「あたしは最初からインチキくさい気がしたわ」

「ぼくはインチキじゃない」

「どっちでも同じよ。昨日きた人も無駄足《むだ》だったわ」

「伶子はそれっきりこないんですか」

「フーテンしてるのね」

フーテンするというのは、家出して放浪するという彼女らの隠語だった。

「ほかに行先を知らないかな」

「知らないわ」

「きみが伶子を見たのはいつですか」

「あたしは四日前だったと思うのよ。木曜日だわ。閉店までいっしょにいて、ゼロをでてすぐ別れたからあとは知らないけど――」

閉店は翌朝五時半だった。

「伶子は一人でしたか」

「ええ」

「以前よく通っていた頃は？」

「いろんな人ときてたわ」

「いろんな人って？」

「いちいち顔なんか憶えてないわ」

「その頃伶子といっしょにきていた連中で、今でもゼロにくる人がいますか」

「どうかしら」

頼りない返事だった。

顎ひげの青年も憶えていないという。

「探さなくたって、帰りたくなれば帰りますよ」

青年はGパンのポケットに両手をつっこみ、気楽そうに言った。

「三、四日前にきみが会ったとき、伶子はどんな様子だったろう」

「調子がいいみたいだったけど、よく分らないな。ぼくは用があって、すぐに出てしまった」

「そうね――」女が答を代わった。「あたしはずっと一緒にいたけど、普通だったわ」

「どんな話をしてましたか」

「あまり話なんかしないで、レコードを聞いていたのよ」

「朝まで眠らなかったんですか」

「あたしは少し眠ったわ」

「伶子は？」

「やはり少し眠ったんじゃないかしら」

依然頼りない返事だ。

そのときの伶子の服装をきいた。

アルカザールを出たときの服装と同じようだった。

「心配することはないですよ」

青年は言い捨てて、ゼロへ戻ってしまった。

「何をしている人ですか」

青年についてきいた。

「知らないわ」

女は、青年の名も知らなかった。

わたしは菊地博子という彼女の名前を聞き、伶子がゼロにきたのは三日前の晩か四日前の晩かはっきり分ったら電話をくれるように頼んで、名刺をわたした。

「苗字が違うのね」

「中西伶子というのは芸名なんだ」

「俳優なの?」

「いや、シャンソン喫茶で歌っていた」

「知らなかったわ」

「きみの職業は何だろう。まだ学生かな」

「ちっとも売れないファッション・モデルよ。そのうちデザイナーになるわ。何になってもつまらないと思うけど――」

彼女は風に吹かれてきた紙屑《かみくず》を蹴った。

7

中西家へ電話をした。

電話機は寝室へ切替えてあったらしく、すぐに三保子の声がでた。

「これからおうかがいしてよろしいでしょうか」

「今夜はもう遅いわ。報告なら明日でいいのよ」

「明日は軽井沢へ行ってみたいのです……」

朝のうちに出発したいから、それで、別荘の鍵を借りたいと言った。

「よく働いてくださるのね」

「遊んでいてよければ遊んでいます」

「とにかく明日にしてもらえないかしら。眠るところだったのよ」

「理江さんに鍵を預けて頂けば頂戴《ちようだい》に上ります。お邪魔はしません」

「軽井沢へ何をしに行くの」

「伶子さんが行っているかどうか、確かめたいのです」

「無駄だわ、軽井沢にいるなら電話にでるはずですもの」

軽い咳《せき》払いが聞え、電話口に近く、三保子のほかに誰かがいるようだった。

「理江さんはもうお寝《やす》みですか」

「どうかしら。寝たかもしれないわ」

「それでは明日の朝うかがいます。何時頃うかがえばいいでしょうか。軽井沢へ行くかどうかはそのとき決めて頂きますが、行くとしたら、なるべく早く発《た》ちたいのです」

「そうね、九時なら起きてるわ」

「もう少し早く願えませんか。上野を八時四十五分と九時四十五分の急行があります」

「軽井沢へ行くことに決めてるのね」

「そうではありませんが、八時におうかがいしてはいけませんか」

「……仕様がないわ」

「お願いします」

わたしは三保子が電話を切る音を聞いてから、赤電話の受話器をおろした。

これから寝るとして、翌朝の八時まで彼女は十時間も眠るのだろうか。

わたしはそうは思わなかった。

しかし今夜のわたしなら十一時間でも十二時間でも眠れたろう。徹夜つづきの仕事が片づいたあとだった。

わたしは目覚まし時計の針を合わせ、ウイスキーを飲んでベッドにもぐった。

8

さして濃くもないひげを剃って、朝食は新聞を読みながらバター・トーストを二きれと、勝手にブレンドしたコーヒーを飲めば終りだった。

軽井沢へ行くには、車より列車のほうが早かった。

青い空に、魚の鱗《うろこ》のような雲が広がっていた。

広尾で地下鉄をおりた。

南部坂をゆっくりと上った。

坂の途中で、下りてくる理江に会った。物ぐさな老犬がいっしょだった。

「散歩ですか」

わたしは立ちどまって言った。

「いえ、買物です」

坂の下にスーパー・マーケットがあった。

「お母さんはいらっしゃいますか」

「はい」理江は、昨夜わたしが電話したことを聞かされていないようだった。「姉のいる所は分ったのかしら」

「まだです。アルカザールへ行ったが、何も分らなかった。瀬尾という男がお宅へ伺いませんでしたか」

「瀬尾さん？」

「ずんぐりした中年の男です」

「…………」

理江は首をかしげた。知らないらしかった。

「偽名かも知れないので、名前にとらわれなくて結構です。とにかく、ぼくのほかに怜子さんを探している者がいる。心当りはありませんか」

「……電話をかけてきた人はいます。でも、名前を言いませんでした」

「男ですか」

「はい、あたしが受けただけで、三、四回かけてきました」

「用件を聞きましたか」

「いえ、姉を探しているだけのようでした」

「声に聞き憶えはありませんか」

「ありません。若い人の声みたいでしたけど――」

「そのことはお母さんもご存じですか」

「知っています。あたしが電話をうけて、母に取り次いだこともあります」

長話になると思ったのか、無精な犬は理江の足もとに寝そべってしまった。

カンのいい犬ではなかった。

わたしは間もなく理江と別れた。

坂を上りきって、右へ細い道を入った。

薔薇垣《ばらがき》の隙間《すきま》から中西家を覗《のぞ》いている男がいた。黒っぽい背広の、若い男だった。

そいつはわたしに気づくと、慌てたように垣根を離れ、痩《や》せぎすな背中をむけて去った。

一度うしろを振返ったが、突当りを曲って消えてしまった。

そいつの姿が消えた角まで行ってみた。

男はもういなかった。

わたしは中西家の門前に戻り、インターフォンのボタンを押した。

しばらく待たされて三保子の声が応じた。

入ってこいという。

手を扉の間にさしこむと、門扉《もんぴ》の閂《かんぬき》は簡単にはずれた。

玄関ドアも錠《かぎ》があいていた。

玄関に立って声をかけた。

三保子が現れるまで、またしばらく待たされた。

応接間へ通された。

三保子は、庭の紅薔薇と同じ色の絹のガウンを着ていた。化粧を落としているのでいくらかふけて見えるが、それでも年齢より若く、肌も衰えていない。どことなくまだ眠り足りなそうだ。

「あなたって、約束の時間をちゃんと守るのね」

「おくさんは守りませんか」

「守ろうとしても、なかなか守れないわ」

「ぼくはほかに取り得がない」

「あなたはネクタイの趣味がいいわ」

「貰い物です。ぼくが択んだわけじゃない」

「電話の声もよかったわ」

ナマの声は悪いみたいだった。

わたしは昨夜の調査結果を簡単に話した。

「アルカザールの堤さんから聞かれたと思いますが、瀬尾という男のことは全然知らないんですか」

「おかしな話ね。名前も聞いたことがない人なのに、どうしてあたしに頼まれたなんて嘘《うそ》を言ってるのかしら」

「とにかく、その男が伶子さんを探していることは確かです」

「わけが分らないわ。あたしがお願いしたのはあなただけよ」

「こちらにくる途中、理江さんにお会いしました。そして、伶子さんを探しているらしい男の電話が何度かあったと聞きましたが、ご存じの人ですか」

「いいえ、伶子の友だちらしいのですが名前を言いません。しつこいので、二度も電話をきってやりました」

「しつこいというのは？」

「伶子を電話口にだせと言うのです」

「用件を聞きましたか」

「伶子と直接話したいと言っていました」

「最初にその電話がかかってきたのはいつですか」

「伶子が帰らなかった日の翌日の夕方頃でしたわ。それ以来毎日かけてきます」

「昨日はどうですか」

「かけてきました、きょうはまだですけど」

「若い声ですか」

「口ぶりが若いようでした」

電話の声などはアテにならない。簡単に声をかえることができる。しかし口ぶりが若いというのは、いくらか具体性があった。

「今度電話をかけてきたら、なるべくその男と会うようにしてくれませんか。そして名前や勤め先を聞きだせれば、必ず伶子さんを探す役に立ちます。人相が分るだけでもいい。あとは、ぼくがその男に会います」

「不愉快ね。あなたを雇ったのは、そんなことをしなくて済むと思ったからよ」

「お願いします」

「仕様がないわ」

三保子は、さほど機嫌を損じた様子もなく承知した。

わたしは軽井沢行きの許可を求めた。

「無駄足かも知れませんが、一応確かめておきたいのです。これから行けば、日帰りで帰れるでしょう」

「一日分の調査費が無駄になるんじゃないかしら」

三保子は渋い計算をした。

わたしは譲らなかった。無駄な出費が厭《いや》なら調査を頼まなければいいのだ。わたしだって好んで軽井沢くんだりへ行くわけではない。

「もう一度電話をしてみるわ」

三保子はソファを立った。

わたしは彼女につづいた。

電話機は、玄関広間の右手の、二階へ上る階段脇にあった。

中軽井沢の別荘へ、彼女が十桁《けた》のダイヤルをまわした。

応答はなかった。

「やっぱり、伶子は別荘にいないわ」

受話器を置き、三保子は小さな賭《かけ》に勝ったように言った。

しかし、電話にでないというだけで不在を決めてしまうのは早計だった。人眼を避けているなら、いくら電話のベルを鳴らしても応えないだろう。

「伶子さんが帰宅しなかった日、車のことでお叱《しか》りになったというのは本当ですか」

「誰にそんなことを聞きましたの」

「伶子さんの友だちです。早川ルリ——アルカザールで歌っています」

話しながら、応接間に戻った。

「つまらないお喋りをする人ね。でも……」

別段叱ったわけではない、と三保子は言った。一週間ほど前から新車をねだられていたが、MG・ミゼットは買って半年と経っていなかったし、百万円以上もする車をそうは買ってやれない、今度買い替えたいというオペル・レコードは百六十万円を越える。だから、

「贅沢《ぜいたく》だと言ってやりました。それだけですわ。伶子は不満だったでしょうけど、それで家出をしたとは考えられません。早川ルリさんて、どんなお方《かた》かしら」

「こちらに伺ったことがあるはずです。女中さんだった人を知っていました」

わたしは清子に擦れ違ったことを話した。

清子が銀座のバーで働いていることは、三保子も伶子に聞かされて知っていた。出入りしていたクリーニング屋の店員と恋仲になり、無断で中西家をとびだしたという。

しかし差当って、清子の身上話にわたしは用がなかった。三保子は早川ルリを憶えていないという。

わたしは話を戻し、ようやく三保子の承諾を得て、別荘の鍵を借りた。別荘の所在地は、中軽井沢といっても殆《ほとん》ど追分に近かった。

玄関をでた。

いつの間に買物から戻ったのか、理江が門内の石畳の道を掃いていた。その傍らで、老いた犬はもう寝そべっている。

「これから中軽井沢の別荘へ行ってみます」

わたしは帰りの挨拶代わりに言った。

「姉は別荘にいるんですの？」

「いえ、無駄とは思いますが、念のためです。可能性はどうでしょう」

「あたしはいないと思います。もし別荘へ行くとしたら、お友だちといっしょに車で行ったはずですわ」

理江は薔薇の花に手をのばし、優しく包むように触れて言った。

三保子も同じ意見だった。

遊び好きな伶子は、避暑にきても、すぐに東京を恋しがった。それでも夏の間は、旧軽井沢や中軽井沢に東京からきている友だちが多く、車をとばせば遊び仲間に困らなかったろうが、もうみんな東京へ引揚げてしまっている。それに今年は敬一郎が入院中だし、家族が別荘で過ごした期間は短く、殊に伶子はアルカザールのステージがあったから、殆ど東京で夏を送ったという。

「お母さんとあなたが中軽井沢にいる間、伶子さんは一人で自炊してたんですか」

「いえ、姉は炊事などしません。外で食事をしていると言ってました」

「泊るのは？」

「もちろん自宅《うち》ですわ。よそで泊ったら母に叱られます」

理江はわたしの臆測《おくそく》を察したように、そして察したことを恥じるように、はにかんだ笑いをみせて言った。

「この近くで変な男を見かけませんでしたか」

「……？」

「若い男です」

「さあ……」

理江は怪訝《けげん》そうに首をかしげた。

「気がつかなければいいんです」

わたしは自分で門をあけ、去り際に犬の名をきいた。

「ベルです」

フランス語で「美しい」という意味だった。

お世辞にも美しいとは言えないが、かつては美しかったのかも知れない。

わたしは何となくこの犬に親しみを抱いた。

「ベル――」

犬を呼んだ。彼にもサヨナラの挨拶をするつもりだった。

ベルは茶色い顔を上げ、お義理のように太い尾を一回だけ振った。それっきりで、横を向いてしまった。

「ベル――」

わたしはもう一度呼んだ。

しかし彼は知らん振りをして、おまえの相手なんかしていられるかというように、ながながと寝そべり、淡い日ざしを浴びて、気持よさそうに眼を閉じた。

わたしは彼が好きになった。

「とても怠け者なんです」

理江は困ったように貶《けな》したが、彼女もベルが好きらしかった。

9

八時四十五分発には間に合わず、九時四十五分発の列車に乗った。

普通急行だが、上野から軽井沢まで三時間とかからない。軽井沢着が十二時三十六分だ。

避暑期が去って、グリーン車はガラ空きだった。普通車は座席がほぼ満員という程度である。

わたしは普通車の窓際に肩をもたれた。

気が重かった。不確かな仕事のせいもあった。老いぼれた犬が好きになり、その犬を羨《うらやま》しく思ったせいもあるようだ。しかしもっと大きな理由は、今度の仕事が気に入らないからなのだ。どこが気に入らぬと分っていればいいが、それが分らずに胸の奥でもやもやとくすぶっていた。つまり二重に気に入らないのだ。

横川で十分間の停車があり、ホームで立食いのそばを食べた。

その頃から空がどんよりと曇ってきた。

列車は定刻に軽井沢に着いた。その先は中軽井沢、信濃追分を通過して小諸まで停まらない。

わたしは軽井沢で下車した。

貸自動車《レンタカー》の営業所は近かった。

運転免許証を見せて契約書にサインし、ルノー・カラベルのクーペを借りた。おしゃれな娘か、女の尻を追いかけ回している野郎むきのセミ・スポーツ・カーだ。

濃い霧が流れていた。むろん浅間山は見えない。国道をゆっくり走らせた。中軽井沢を過ぎるとさらに霧が濃くなって、ライトを点けても数メートル先しか見えなかった。闇《やみ》の中を這《は》うようなのろのろ運転だった。

やがて霧がうすれ、左手に北欧風の大きなモテルが見えた。ガソリン・スタンドが隣接している。

さらに進んで国道を外れ、右折して雑木林に囲まれた細い坂道を上った。

間もなく、白く塗った板切れに、「中西」と書いた道標が立っていた。その道標にしたがって狭い道を左へ入っていった。

赤い三角屋根が目印だという、中西家の別荘はすぐに見つかった。門柱は白樺《しらかば》の幹を無造作に打込み、軒の深いバンガローふうの建物はゆとりのあるヴェランダを正面に設けていた。屋根の塗装だけが新しく、古びた別荘だった。

わたしは車を下り、門を入った。

芝生は荒れているが、広い庭だった。その一隅《いちぐう》に、一叢《ひとむら》の芝が風に靡《なび》いていた。野菊やおいらん草の花が咲乱れ、コスモスの赤や白や、女郎花《おみなえし》の黄色にまじって、尼僧のような吾亦紅《われもこう》が揺れていた。東京は残暑だが、もう高原の秋は深く、萩《はぎ》の花さえとうに散ってしまったらしい。

わたしは耳をすました。

聞えるのは雑木林にさやぐ風と虫の声ばかりだ。

霧がまた立ちこめてきた。

窓のカーテンから洩《も》れる明りに気がついたのは、多分、霧のために辺りが薄暗くなったせいだった。

小さな安心と、大きな期待に動かされ、わたしはヴェランダへ上り、正面入口のドアをノックしようとした。

しかし思い直し、ノックする前に腕時計をみた。

まだ午後一時を過ぎたばかりだった。

霧に閉ざされたとはいえ、明りをつけるほど室内が暗いとは思えなかった。

本を読んでいるのか。

わたしは無断でドアをあけた。

室内はしんとしていた。

ドアの内側をノックしてみた。

応えはなかった。

声をかけた。

依然応えない。

鍵もかけずに散歩にでたのか。玄関の三和土《たたき》に履物はなかった。

しかし、明りの点いているのが気がかりだった。

庭に戻って周囲を見まわした。

異常は感じられなかった。

一声、鵙《もず》が鋭く鳴いた。

霧はますます深い。

ふたたびヴェランダに上った。

ドアはあけ放したままだった。

敷居をまたぐと、八畳ほどの板の間で、応接間と居間を兼ねているらしく、古風な応接セットが置かれていた。

煙草の匂いを嗅いだような気がしたが、気のせいかも知れない。

テーブルの灰皿には、白いフィルターに口紅の跡のついた外国煙草がつまっていた。

しかしけぶってはいない。吸い残した紙巻の部分が変色して、消してからかなり時間が経っている。

暖炉の灰も冷い。隅のほうに薪が三本ほど転がっていたが、むろん火の気はなかった。

家の奥へむかってドアを押した。

廊下が明るく伸びていた。裏庭に面した窓は雨戸までしまっているが、障子をあけ放した部屋に明りがついているのだ。

六畳の和室が二間つづき、廊下を突当ると左側が広いダイニング・ルームで、右へ鍵型に曲った廊下の先にもドアが見えた。

ダイニング・ルームを覗いた。

饐《す》えたような匂いがした。食卓にコーラの空瓶が数本、罐詰《かんづめ》の蟹《かに》とアスパラガスが食い散らしてあった。ステンレスの流しは乾いている。電気冷蔵庫はスイッチが入っていて、ナマ物はないが、罐詰類とコーラが冷えていた。

ダイニング・ルームをでて、いちばん奥の部屋へ行った。ドアの手前に二階へ上る階段があったが、二階はあと回しにして突当りのドアを押した。

洋室だった。この部屋だけ明りがついていない。霧が晴れたのか、ブラインドの隙間《すきま》から淡いひかりがさしていた。

壁際にシングル・ベッドがあった。

人が寝ているようだった。
見定めようとした。
二、三歩あるいたことまでは憶えている。そのとき、人の気配に気づき、身構えようとした
ことも憶えている。
しかし遅かった。

10

暗かった。

後頭部が疼《うず》いていた。その烈しい疼きがなければ、まだ意識を回復しなかったろう。

わたしは俯伏《うつぶ》せに倒れたまま、しばらく体を動かさなかった。

聞えるのは雑木林のさやぐ音と、相変らず虫の声ばかりだった。

手が触れている床は冷く、湿気を帯びていた。

右足を少し動かしてみた。

室内は静まり返っていたが、近くに誰かが立っているのではないかという不安が去らなかった。

薄眼をあけて様子を窺《うかが》った。窓のブラインドが閉まっていたが、眼が馴れると、それほど暗くはなかった。意識が次第にはっきりしてきた。

「う……」

わざと呻《うめ》いた。

反応を待った。

虫が鳴きつづけている。

風の已《や》む瞬間があった。

後頭部の痛みが脈を打っている。

眼を閉じると、また意識を失いそうだった。

両肘《りょうひじ》をつき、それからゆっくりと体を起こした。頭がふらふらした。痛みはいっそう烈しかった。首が自由にまわらない。

後頭部に手を当ててみた。大分腫《は》れているようだが血は流れていない。

二時半になろうとしている。一時間余り昏倒《こんとう》していたわけだ。

起き上って電灯のスイッチを探した。

廊下に溢《あふ》れていた明りは消えていたが、スイッチはドアの内側の壁に見つかった。

螢光灯《けいこうとう》が灯った。

わたしの腕から手首を除いたくらいの薪が転がっていた。こいつで殴られたらしい。

ベッドを見た。

人が寝ている姿は、殴り倒される前と同じだった。ベッド・カバーの上に、仰向けに横たわっていた。

安らかに眠っているようだが、美しかったはずの顔は暗紫色にむくんでいた。生きている人間の顔色ではない。額も手も冷たかった。

首に爪の掻《か》き傷らしい痕《あと》が残っているのは、首を絞められ、抵抗したしるしだろう。死体硬直はとけていない。しかし手足をみると死斑《しはん》がいちじるしく、角膜は白く濁っていた。

死後二日くらい経つとみてよさそうだ。

死体は白い丸首のセーターを着て、その胸の上に細い金のネックレスが光り、オレンジ色のスラックスはベッドの下に脱ぎ捨てられていた。その脇に転がっているのは、赤と黄色の派手な縞《しま》模様で、ソンブレロふうの麦藁《むぎわら》帽子だ。

階段の明りをつけて二階へ上った。

二階は洋式の書斎と六畳の和室との二間つづきで、雨戸がしまっていた。きれいに片づいた部屋で、特に異常はなかった。

階下に下りた。

トイレと浴室を覗いた。

勝手口は鍵がかかっている。

正面出入口の居間へ戻った。

見過ごしていたが、籐椅子《とういす》の蔭《かげ》に黒革のショウルダー・バッグが落ちていた。

電話機は小さな棚の上だ。

わたしはショウルダー・バッグにも電話機にも手を触れなかった。

外へでた。

空は明るかった。

車が気になっていた。

しかし大丈夫だった。どこもやられていないようだ。

クラッチをきってロー・ギアにいれた。

坂下に鶴野屋という食料品や日用雑貨を商う店があった。五十歳がらみの太ったおかみが店の奥にいて、猫の背中をなでていた。

店先の赤電話で軽井沢警察署を呼んだ。

年輩の男の声がでた。

わたしは死体を発見したことを告げ、別荘の所在地を教えた。

「首を絞められているようです。わたしは東京の中西家から使いにきて、発見しました。たぶん伶子というお嬢さんでしょう。五日前から家に帰らなかったのです」

わたしは自分の名前を言って電話を切った。襲われたことは話さなかった。

それから、店に入っておかみに声をかけた。

「中西さんの別荘をご存じですか」

「はい」

おかみは膝《ひざ》の上に猫を寝かせたまま答えた。よく肥えた猫だ。気持よさそうに眼を閉じて、こっちを振向きもしない。

「最近、お嬢さんを見ませんでしたか」

「見ましたよ、お姉さんのほうでしたら」

「いつ頃ですか」

「そう……二、三日前でしたかね」
二、三日前では困る。二日前か三日前か、はっきりしてもらいたかった。
おかみは日めくりのカレンダーを眺めた。昨日の日付のままだった。

「きょうは六日です」

わたしはカレンダーを一枚めくり取った。日掛貯金組合の広告用カレンダーで、一枚ごとに俚諺《ことわざ》のような文句が刷込んであった。昨日のカレンダーには「自慢高慢馬鹿《じまんこうまんばか》のうち」、きょうのは「近《ちか》くて見《み》えぬは睫《まつげ》」と日付の右脇に振仮名つきだ。

「一昨日——」おかみは言った。「お客さんがきたようです」

「どんな客ですか」

「車で、東京から来たみたいでした……」

色の白い男で、年は三十歳より少し上か。店の前に車をとめて、中西家の別荘へゆく道順を聞いて去ったという。それが一昨日の午後二時頃、車の型や色は憶えていない。

「車に乗っていたのは、その男だけですか」

「……と思いますけど――?」

曖昧《あいまい》だった。いつ頃帰ったかは気づかなかったらしい。

「昨日はお嬢さんを見ませんか」

「さあ……」

「一昨日は?」

「…………」

よく考えてもらった。

しかし昨日と一昨日は伶子の姿を見なかったようだ。

「一昨々日、お客さんがきた前の日ですよ、あたしがお嬢さんをお見かけしたのは。うちの赤電話で、どこかへ電話をかけていました」

「何時頃ですか」

「二時か三時か、そんな頃でしたね」

「どこへ電話をしたのだろう」

「分りません、あたしは店の奥へ引こんでましたから」

「話をしなかったんですか」

「はい」

もし軽井沢の町から外へ、例えば東京へ電話をかけるとしたら十円玉を放り込んでも話が通じない。その場合は店のおかみに、遠距離用の通話ができるように電話機の操作を依頼するはずだった。

そのときの伶子の服装をきいた。

おかみの返事はうろ憶えだが、アルカザールを出たときの服装と同じようだった。それに鍔《つば》の広い麦藁帽子をかぶっていたという。おかみが伶子を見たのはそのときだけだ。

「中西さんの別荘の近所で、まだこちらに残っている人はいますか」

「もう殆どいませんね。別荘の人たちは八月の末までにだいたい引揚げてしまいます。中西さんも、とうに東京へ帰られたと思ってました」

「中西さんは先月二十五日に引揚げたそうです。だからお嬢さんは、週末を利用して友だちと遊びにきたのでしょう。その友だちを見ませんでしたか」

「さあ……、一昨日の晩あたしが中西さんのお宅の前を通ったときは明りがついていて、車できたお客さんがまだいるらしいと思いました。でも、別に気にしないで通っただけで、ほかにお友だちがいたかどうか分りません」

「音楽や、騒いでいる声などは聞えませんでしたか」

「静かだったようですね。お嬢さんを探してるんですか」

おかみはようやく関心を示してきた。

わたしは適当に話を切り上げて店をでた。

11

信濃追分駅へ車をとばした。

駅前の、二台しかないというタクシーが二台とも客を待っていた。

伶子の写真を眺め、二人の運転手は首を振った。二人とも中西家の家族を知っていたが、十日ほど前に帰京する三保子と妹娘の理江を中軽井沢駅へ送り届けたのが最後で、その後は消息を聞かず、伶子を見かけたのは三保子たちの帰京よりさらに十日以上前だったろうという。

「鶴野屋の近くで、一時間くらい前に客を乗せませんでしたか」

「どんなお客さんですか」

「たぶん男だと思う」

「さあ……」

異口同音に、答は否だった。タクシーを呼ばなくても、バスで軽井沢へも小諸へもゆける。

わたしは中軽井沢駅へ急ぐことにした。

中軽井沢には三社の営業所があり、タクシーも二十台ほど走っていると聞いたが、避暑期を過ぎたせいかさびれた感じで、駅前には四台しか車が見えなかった。

「この娘を見かけませんか。親戚《しんせき》の者だが、家に帰らないので探している」

わたしは伶子の写真をだして、運転席でスポーツ新聞を読んでいた中年の男に声をかけた。

彼はしばらく写真を眺めてから「きれいなひとですね」と言った。

「見憶えはありますか」

「ありません。いつから帰らないんですか」

「四、五日前です」

「すると家出だな」

「だから探している」

「お宅はこの辺ですか」

「自宅は東京だが、こっちに別荘がある。しかし別荘にはいなかった」

「それじゃどこかほかのとこですよ。家出なら、すぐ見つかるような所にいるはずがない。どうして家出したんですか」

「分らない。悪い男にひっかかったのかも知れない。それで心配している」

「ふむ――」

彼は頷いてまた写真を眺め、車を下りた。

親切な男だった。あるいは、客がなくて退屈していたのかも知れない。

彼は写真を持ったまま、三台のタクシーをつぎつぎにたずねた。そのたびに運転手が下りてきて、わたしの回りに四人の運転手が集まった。

四人とも伶子を知らなかった。

「春さきの家出娘は危いが、秋ぐちの家出娘はじきに帰る」

いちばん年かさの男がしたり顔で言った。秋の家出は寂しいからだという。貯金組合の日めくりカレンダーに刷ってありそうな文句だった。

「そんなこと決ってないよ。××の娘なんか去年の秋家を出たっきりまだ帰らない」

「あの娘は別さ。男を追いかけていって、東京で一緒に暮らしている。親が怒っちまって、娘が帰りたくても寄せつけないんだ」

「それじゃ○○の娘はどうなんだ。やっぱり去年の今頃だったけど、自殺してしまったじゃないか」

「あれはなぜ自殺したんだっけ」

「男に騙《だま》されたのさ」

「そうだったかな」

「おれは葬式に行って、おふくろに遺書を見せてもらったよ。おまえに話してやったことがあるぜ」

「…………」

言われた方は首を傾けた。

勝手な雑談が、伶子と無関係につづいた。

そこへ、タクシーが一台戻ってきて客を下ろし、雑談の仲間に加わった。健康そうに日焼けした若い運転手だった。

「この女なら憶えてますよ。三、四日前に乗せました」

「ほんとですか」

わたしは伶子の服装を確かめた。

「帽子はかぶってなかったと思うけど、とにかく間違いありません。中西さんなら、ご主人も奥さんも知っている。東京からきたとき、何度かお宅へ送ってますからね」

「中西には娘が二人いる」

「妹さんのほうがよく知ってますよ。姉のほうは自分の車をすっとばしていた」

「三、四日前の話に戻ってもらいます。彼女はあんたの車に乗って、下りた場所はどこですか」

「初めは別荘へ直行する予定で、浮かれたみたいに歌をうたってましたけどね、グランド・モテルの前にきたら急にコーヒーを飲みたいと言いだして下りました」

グランド・モテルというのは、国道沿いに通り過ぎた北欧ふうの建物だった。

「つれはいなかったろうか」

「ひとりでした」

「彼女を乗せた日付と時間がはっきりすれば有難いんだが——」

「簡単に分ります」

若い運転手は先に立った。

タクシーの営業所は近かった。

彼は運転日誌をめくった。

——九月二日、午後二時二十分、グランド・モテルまで。

「これですよ、確か。下りなら二時十八分着できたんでしょう。この時間に停る上りはありませんからね」

彼は日誌を指さして言った。

東京などでは、タクシーの運転日誌はしばしば当てにならない。

わたしは念を押した。

「間違いありませんよ。そのあとで乗せた客が四人づれのお婆さんばかりで、星野温泉へ送ったこともちゃんと憶えています」

彼は念を押されたのが不服そうだった。

礼を言って、わたしは自分の車に戻った。

軽井沢駅へ行った。

駅前にタクシーが十台ばかり駐っていたが、ちょうど列車が着いたところで、改札口をでた客を拾って数台がつぎつぎに走り去った。

わたしは近くのタクシー営業所を訪ねた。

腫《は》れぼったい眼をした五十年輩の男に会った。彼は不愛想だったが、不親切ではなかった。営業所の責任者らしく、仕事が暇で電話番をしている感じだった。

「見たことはあるような顔だが――」

彼は伶子の写真を眺めながら言った。

しかし何処で彼女を見たのか、いつ見たのかを思いだすことはできなかった。

「失礼ですが……」

わたしは中軽井沢の運転手に言ったような事情を話し、辞退する彼に無理に金を受取ってもらって、調査の協力を頼んだ。何十人いるか知れぬタクシーやハイヤーの運転手に、伶子の写真を見せてまわる暇はわたしにはなかった。

「でも——」腫れぼったい眼の運転手は言った。「暇になったので東京へ帰ったのがいるし、休暇で休んでる者もいますよ」

「差当り分る範囲で結構です。それから、もし一、二時間前に鶴野屋の近くで客を乗せた人がいるかどうか、ついでに聞いてみてくれませんか」

わたしは伶子の写真を預け、佐藤という彼の名を聞いた。そして、一時間くらいしたら戻るつもりだと言い残し、つぎはレンタカーの事務所へ行った。

車を返すのは、死体現場を離れた理由をつくるためもあったが、当地における行動半径がほぼ分り、敢えてレンタカーの必要がなくなったせいもあった。調査費用を安くあげようという心がけは、依頼人に対する誠実より、多分わたしの貧乏性からきている。

車を返して、追加料金を払った。

そのとき、

「警察から電話がありましたけど、何か事故があったんですか」

係員が不審そうに車体を調べてきいた。

「警察から？」

わたしは憶えがなかった。

「ええ、車のナンバーでお客さんの住所や名前などを問い合わせてきました」

「軽井沢の警察からですか」

「そうです。交通係でした」

「おかしいな。警官の名を聞きましたか」

「いえ」

「電話があったのは何時ごろだろう」

「そうですね……二時ごろだったと思います」

「その電話の声に心当りはありませんか」

レンタカー営業所の従業員なら、所轄署の交通係の者を殆ど知っているはずだった。地方の町の警察署で、交通係のメンバーは数が限られている。

「………」

従業員は首をかしげた。

わたしは彼に頼み、その場で軽井沢署の交通係に電話をしてもらった。

返事は予期した通りだった。

交通係の全員が揃《そろ》っていたわけではないが、わたしが借りた車について、レンタカーの営業所に問合わせた者はいなかった。

「おかしいな」

警察の返事を聞いて、今度は従業員が呟《つぶや》いた。

12

駅前へ引返してタクシーを拾った。

若い運転手だった。

タクシー営業所の佐藤という男に渡した写真とは別の、もう一枚の伶子の写真をその運転手に見せた。

彼は伶子を知らなかった。

「二、三時間前に、追分の鶴野屋の近くで乗せた客はいませんか」

「……いませんね」

彼は首を振った。

タクシーは国道沿いの警察署を右手に素通りした。

中西家の別荘まで十分とかからない。

別荘へ曲る角の、坂道の途中でタクシーを下りた。

空が昏《く》れかけ、別荘は明りをつけていた。

門前に道をふさいで車が二台、庭にも車が駐っていて、あわただしい人の動きは気配で分った。

門を入ろうとして制服の警官に呼止められた。チョビひげを生やして、かなり年輩の警官だった。

わたしは自分の名前を告げ、死体の発見者だと言った。

「マキというのは牧場の牧か」

警官はしかつめらしい表情で懐中電燈をつけ、胡散《うさん》くさそうにきいた。

「真鍮《しんちゆう》の真に材木の木です」

「すると、真綿の真に植木の木だな」

「そうです」

「真面目の真に木の葉の木だ」

「そうです」

「ふむ」

警官はようやく満足したように頷き、わたしをヴェランダに案内して、中年の太った男に引合わせた。

猪股という、部長刑事だった。太りすぎて、上着も、ズボンも、大分きつそうだ。ワイシャツのボタンをはずしてネクタイを緩めているのも苦しいせいかどうか、血色のいい丸顔で、愛らしく小さな鼻をしている。しかしわたしを迎えた眼は気難しそうだった。あるいは普段は柔和な眼だが、今夜は機嫌が悪いのかも知れない。わたしが礼を失さぬように挨拶したのに、

「どこへ消えてたのかね」

それが彼の挨拶代わりらしかった。

「車を返しにいってました」

「車というのは？」

「レンタカーです。時間をくえば、車を使っていなくてもその分の料金を払わねばならない。わたしは余分の金を払う余裕がなかった」

「しかし、われわれが到着するまでここで待つように言ったはずだ」

「聞きません」

「こっちが言ったのに、そっちが途中で電話を切ってしまったからだ」

「とにかくわたしは死体を見つけ、すぐに警察へ届けた。犯人の指紋がついているかもしれないと思って、別荘の電話には手を触れずわざわざ鶴野屋の赤電話で届け出た。それくらい気をつかっている」

「きみの名をもう一度聞こう」

「真鍮の真に材木の木です」

わたしは肩書のない名刺を渡した。

「職業は？」

「私立探偵」

「探偵社の名は？」

「個人営業です。自宅を事務所にしている」

「ふむ」

猪股部長刑事は名刺を眺め、その視線をわたしの靴先《くつさき》に落とし、ズボンの折目に沿ってゆっくりよじ登るようにわたしを見上げた。わたしの身長はたかが百七十センチだが、彼のほうが十センチほど低い。しかし彼の機嫌がいっそう悪くなったらしいのはそんなことのせいではなく、わたしの職業が気に入らなかったようだ。名刺を背広のポケットにつっこみ、煙草をくわえ、なかなかつかぬライターの火をやっとつけ、吸いこんだ煙を不味《まず》そうに吐いた。

わたしは、彼のずり落ちそうなズボンと、はみだしかけているワイシャツの裾が気がかりだった。

「死体を見つけたというが、何の用でここに来たのかね」

「仕事です。被害者は五日前から家へ帰らなかった。それで母親に頼まれ、昨日から彼女を探していた」

「彼女というのは？」

「中西伶子、この別荘の主人の長女です」

わたしは伶子の写真を部長に見せた。彼にも、被害者が伶子に間違いないことを確かめさせたかった。

「似ているが――」部長は写真から顔をあげた。「被害者はこの写真の女に間違いないか」

「なぜですか」

「分らんが、妹がいると聞いた」

「妹には東京を発つ直前に会っています。しかし死体は一、二日経っている」

わたしは上野駅を発車した時刻と、死体を発見したときの模様を話し、殴られて気を失ったことも喋った。

「誰だ、きみを殴ったのは」

「分りません」

「どんな男かくらいは分ったろう」

「男か女かも分らない。気がついたときは部屋が暗く、相手はいなかった」

「犯人が明りを消していったのか」

「そうでしょう」

「被害者はスラックスを脱がされていた」

部長の眼はわたしを疑っているようだった。

「彼女が自分で脱いだのかも知れない」

わたしは彼の眼に答えてやった。

そこへ検察庁の車が着いて、部長の訊問《じんもん》が中断された。

部長はヴェランダにわたしを待たせ、検事や事務官の先に立って家の奥へ消えた。

わたしは応接セットのある居間を覗いた。

作業着を着た鑑識係に制服の巡査が加わり、二人がテーブルや棚などの指紋を採っていた。

死体現場の奥の洋室でもとうに検証が始まっているはずだ。

「うまく採《と》れそうかい」

わたしは鑑識係に声をかけた。

「ええ、電話機の指紋はきれいなのが採れました。被害者の指紋と一致しているようです。テーブルの指紋は何人かまじってますけどね」

鑑識係はわたしの身元を確かめないで、たぶん地検の者とカン違いしたらしく、中腰のままちょっと振返っただけで答えた。

「医者は来たのか」

「とっくに来ています。奥にいるでしょう」

「電話機が用済みなら使っていいかな。被害者の自宅へ連絡したい」

「どうぞ、もう構いません」

鑑識係は仕事に没頭していた。

わたしは白い粉だらけの電話機を拭いてから、東京の中西家へダイヤルをまわした。

理江の声がでた。

三保子は留守だった。

「どちらへお出かけですか」

「さあ……行先を言いませんでした」

「すぐ戻られるでしょうか」

「分りません。買物に行くと言ってでたんですけど、急なご用かしら」

「ぼくはいま軽井沢の別荘にいます。伶子さんが見つかったのです。しかしぼくが見つけたときは、亡《な》くなられていました。誰かに殺されたようです」

「………」

理江は沈黙した。衝撃が大きすぎたようだ。

「お母さんの行先に心当りはありませんか」

「……探してみます」

「至急こちらに来るようにお伝えください」

「もし見つからなかったらどうしましょう」

「あなたが代わりに来てください。擦れ違いに、ぼくは東京へ帰るかも知れない」

「でも……姉が死んだというのは本当でしょうか」

「それをお母さんかあなたに確かめてもらいたいのです。警察には届けました。あなたがこちらにくる場合は、お母さんが戻ったとき分るようにメモを残してください。お父さんにはお知らせしないほうがいいでしょう」

「………」

理江は青くなっているのかも知れない。

わたしは元気をだすように言って、電話を切った。

電話の内容でおかしいと思ったらしく、鑑識係が変な顔をして振返った。

わたしはヴェランダにでた。

体がたちまち冷えてきた。暑かった東京が嘘のようだ。

虫がしきりに鳴いている。風がさやぎ、あたりはもう真っ暗だ。時折、刑事たちがわたしを無視してあわただしく出入りする。

わたしはヴェランダを下りた。

「寒くありませんか」

門前で非常線を張っている警官に言った。最初にわたしの名前をきいたチョビひげの警官である。

「少し寒い」

「ぼくは非常に寒い」

「運動すれば熱くなる」

「いや、腹がへったせいなんだ。この辺で食事をするとしたらどこだろう」

「ドライブ・インか、グランド・モテルだな」

「どっちが近いですか」

「モテルのほうが近いが、値段はドライブ・インの食堂のほうが大衆的で安い」

「それじゃ、ちょっと食事してこよう」

わたしは軽く言って背中を向けた。

警官は何も言わなかった。

13

暗い道を、何度か小石に躓《つまず》きながら鶴野屋へ行った。

懐中電燈《でんとう》を買うつもりだったが、店がしまっていた。

そこでまた暗い道を、といっても国道にでれば、往来する車のライトで足もとが危いほどではないが、グランド・モテルまで十分くらいかかった。

三階建のモテルは、一階ロビーの奥にダイニング・ルームとバーがあった。

広いロビーでは、夫婦らしい年寄りの外人がテレビを見ているだけだった。

フロントにも一人しかいない。青い詰襟《つめえり》のユニホームを着て、まだ子供っぽい顔つきの青年だ。

彼にチップをやって、伶子の写真を見せた。

見憶えがないようだった。

宿泊人の名簿を繰ってくれたが、やはり伶子の名はなかった。

「ことによると――」彼は言った。「コーヒーを飲むとおっしゃっていたなら、スナックのほうじゃありませんか」

モテルと棟《むね》つづきで、ガソリン・スタンドに隣接してスナック・バーがあった。そこでは軽い食事のほかに、夜遅くまでウイスキーやコーヒーを飲むことができる。

モテルをでた。

前庭の右手がレンタカーのガレージで、派手な色彩のスポーツ・カーが捨てられた女のように並んでいた。

ガソリン・スタンドは国道に面した左手の角、スナック・バーのしゃれた入口はその隣だった。

ドアを押すとバー・カウンターが弓なりに伸びて、バーテンが二人いた。

客は、スクリーンやテレビで見憶えのある女優がサングラスをかけて、隅の席にポツンと一人だけ、近頃はテレビでもあまり見かけない女優だ。

わたしはウイスキーのオン・ザ・ロックスをダブルで注文して、バーテンは二人とも若かったが、五、六歳年上に見えるほうのバーテンに伶子の写真を見せた。

「知ってますよ」彼は言った。「シャンソン歌手でしょう。歌のほうは聞いたことがありませんけど、つい四、五日前にも見えました」

「彼女は、ここへよく来るんですか」

「そうですね、夏の間はよく見えてましたが、先日は久しぶりです。彼女がどうかしたんですか」

「殺されたらしい」

「殺された？」

冗談だろう――と言いたそうな顔つきだった。

「別荘へ行ってみれば分る。門の前に警官が立っていて立入禁止だ」

「ほんとですか」

「明日の朝刊に記事がでる」

「お客さんは新聞記者ですか」

「――」

わたしは答える代わりにグラスを傾けた。新聞記者だと思いこむのは彼の自由だ。

「中西伶子は五日ほど前に家をあけたきりで、家族を心配させていた。彼女がここに来たという正確な日はいつだろう」

「ちょっと待ってください」

彼は年下のバーテンを呼び、真剣な表情で伶子の現れた日を検討した。

彼が四日前だろうと言うと、若いほうが五日前だと訂正し、それじゃ五日前かなと彼が頷く

と、今度はまた若いほうが四日前かも知れぬと言いだして、そのうち三日前のような気がしたり一週間前へ戻ったり、

「しかし、あれはチコが来た日だったぜ」

「そうかな」

「そうだよ。おまえはチコが気になって、ほかのお客はそっちのけだった」

「そんなことあるものか」

「あるものかと言ったって、あったんだから仕様がないだろ。おれは注意しようと思ったくらいだ」

「なぜ注意するんだい」

「仕事は仕事、女は女さ」

「おれはあんな女になんか、それほどのぼせちゃいない」

「ああいう女は誰とだって寝るんだ」

「誰か寝たやつがいるのか」

「見れば分るよ」

「ふん」

若いほうは鼻をならした。

チコが何者か知らないが、話がそれてしまっている。

わたしは彼らの話に割りこんで、チコが来たという日をたずねた。するといまた今度も四日前だったか五日前だったか同じ問答が繰返され、

「おまえはチコにつきっきりだったじゃないか」

「そんなことないよ。話しかけてくるから、相手になっていただけだ」

「とにかくあの女はよしたほうがいい」

「分ってるさ。遊び相手にはああいう女が気楽でおもしろい」

「そんなことを言っても、おれは、おまえが気楽に遊べない性質《たち》だから心配しているんだ」

「大丈夫だよ。おれだって子供じゃない」

「しかしな……」

彼らの会話はどうしてもチコの話に落ちてしまう。そして結局、彼女がきたという正確な日は分りそうになかった。

しかし、すでにわたしは伶子が九月二日に中軽井沢からタクシーに乗り、モテルの前で下車したことを調べていた。

わたしは伶子が現れた時間をきいた。

「そうですね――」年上のバーテンが考えながら答えた。「正午すぎで、外がまだ明るいうち

でした。二時か三時頃だと思います」

「服装は?」

「白いセーターで……」

オレンジ色のスラックスに黒いショウルダー・バッグ、ソンブレロふうの麦藁帽子はかぶっていなかったらしいが、だいたい失踪当時の服装と同じだ。

「つれはいなかったろうか」

「ひとりでした」

「コーヒーを飲みに寄っただけか」

「コーヒーと、それからチーズ・サンドを食べました。翌日きたときもチーズ・サンドにコーヒーで、デンマークのブルー・チーズが気に入ったようでした」

「翌日もきたのか」

「ええ、オープンして間もなくですから、午前十時頃だったと思います」

「その次ぎに来たのは?」

「いえ、それっきり見えません」

「何か変った様子はなかったかな」

「別に気がつきませんね。割合元気そうで、車の話ばかりしていました」

スポーツ・カーならイタリヤの何という車がいいとか、コロナの新車がどうとかいう話をして、ほかにバーテンの記憶に残った会話はなく、伶子が別荘に来た目的を推量する手がかりはなかった。

「何を内緒話しているのよ」

隅っこにいた女優が、ブランデー・グラスを片手に席を移してきた。かなり酔っているようだ。

「いえ、何でもありません」

年上のバーテンが答えた。機嫌を損ねぬように気を使っている。

「隠したって駄目、あたし聞いたわ、チコって誰さ」

「つまらない女のことです」

「この人はだれなの」

「新聞記者です」

「ふうん」

彼女は怪しむような眼でわたしを眺めた。

わたしが彼女の映画を最後に見たのは、もう数年前になる。好きな女優の一人だったが、現在わたしの隣にきた女は好きになれない。うらぶれた感じが、同情よりも苛立《いらだ》ちを誘った。

「あたしをご存じかしら」

薄茶色のサングラスの奥から、女はわたしを見つめたまま言った。

「いえ――」

わたしは彼女の名前も憶えていたが、首を振り、ウイスキーを飲み干した。

女はサングラスをはずし、こわばったような微笑を唇《くちびる》の端に浮かべた。

美しさが、消えてしまったことを知ろうとしない三十女の顔だった。あるいは、酒のせいで今夜だけそんなふうに見えるのかも知れない。

わたしは顔をそむけ、勘定を払った。

女の手からブランデー・グラスが落ちて割れた。

その音は、彼女自身が割れたような音だった。

わたしはスナック・バーのドアを押した。

「新聞記者なんて、みんなろくでなしのポン引きよ」

女の吐き捨てるような声があとを追ってきた。

わたしは無駄足を承知で、モテルのレンタカー事務所に寄った。

伶子が車を借りた様子はなかった。

つづいて、追分寄りのドライブ・インへ行った。

やはり無駄足だった。
主人もおかみも女中たちも、伶子を知らなかった。
たった一つ収穫といえば、ドライブ・インの売店で懐中電燈を売っていたことだ。

14

中西家の別荘に戻ると、わたしが無断で姿を消したというので、猪股部長刑事がむくれている最中だった。

「無断じゃありませんよ」わたしは言った。「門の前にいた巡査に、食事に行くと断ってでた」

「しかし食事には行かなかったろう。ドライブ・インに電話をしたし、グランド・モテルの食堂にも電話をして確かめてある。きみはそのどっちにも行かなかった」

「スナック・バーにも電話をしましたか」

「どこのスナック・バーだ」

「モテルのガソリン・スタンドの隣です。今までそこにいた」

「嘘をつけ」

「また確かめたらいいでしょう」

「なぜスナックへ行ったのだ」

「軽い食事をするつもりだった。もっとも、ドアを押したら気が変って、ウイスキーを一杯だけ飲みましたがね。こう冷えては飲まずにいられない」

「冷えるのはお互いだ」

「しかし部長は仕事中でしょう。わたしはもう仕事を離れている」

「口がへらないらしいな。とにかく、まだ聞きたいことが残っている」

部長が先に立ち、六畳の部屋へつれて行かれた。

あぐらをかいて向い合った。

死体現場は依然ごたごたしているらしい。

「東京へ電話をしたそうだな」

部長は言った。

「おくさんが留守で、次女の理江さんと話しました。いずれ、おくさんか次女がこちらにくるはずです」

「きみがここにきた理由、それから死体を見つけたときの様子をもう一度話してくれ」

「忘れたんですか」

「余計なことを言うな」

部長は太った体を斜めに倒し、右の膝に右肘《ひじ》をつき、横眼で睨《にら》んだ。

わたしの供述が本当かどうか確かめるつもりらしい。取調べの刑事がよく使う手だ。嘘なら、供述のたびに話がくいちがうことが多いのである。

もっとも、少し頭のいい相手だったら、こんな安っぽい手にはひっかからない。現在のわたしの場合は正直に話してあるのでひっかかるもひっかからぬもなく、同じ話を繰返せばよかった。

「分らんな」部長は聞き終って言った。「きみの話では、被害者がなぜ家出をしたのかまるっきり分らんじゃないか」

「わたしにも分りません。家族にも分らないようだった」

「きみがこの別荘にきたのは、今日が初めてかね」

「もちろん初めてです」

「きみがきたとき、明りがついていたと言ったな」

「そうです。それで不思議に思った」

「ところが、玄関に靴一足なかったというのはどういうわけだ」

「分りません。被害者の履物は見つからないんですか」

「下駄箱《げたばこ》に入っていたよ。しかし、きみは頭を殴られて気絶したそうだが、その前に、そいつの靴も玄関になかったのはおかしいと思わないか」

「別におかしくないでしょう。わたしは車できたから、その音を聞いて、犯人が履物を隠す余裕は十分にあったはずです」

「そして物蔭《ものかげ》にかくれていて、ぼんやり入ってきたきみをいきなりぶん殴ったのか」

「そういう真相は殴った奴に聞いてください」

「殴った奴の心当りは？」

「さっきから分らないと答えています」

「殴られた痕《あと》を見せてもらおう」

「どうぞ」

わたしはうしろ向きになった。

「腫れてはいるが、たいしたことはない」

部長は指先を触れて言った。

「痛むかね」

「我慢しています」

「そうか」

部長の指が放れ、わたしはふたたび向き直った。

しかし、わたしを見る部長の眼つきはまだ納得していなかった。この程度の軽い傷なら、自分で殴ったかも知れぬと疑っているらしい。

「検視の結果はどうでしたか」

わたしは部長の疑いを無視した。

「きみが見たとおりだ」

「絞殺ですか」

「解剖しないうちは何とも言えない」

「彼女はスラックスを脱がされていたが、それ以上の暴行はされていませんでしたか」

「やはり解剖しないうちは分らんね」

「パンティはつけてましたか」

「まだ公表できない」

「チラッと見えました」

「それじゃはいてたに決ってるだろう。きみは余計なことを聞きすぎる」

「そうおっしゃるなら、帰らしてもらいます。もたもたしていると今夜じゅうに帰れなくなる」

「帰ることはないだろう」

「わたしは遊んでいられる身分ではない。死体を発見し、すぐに警察へ届け、知っていることは全部話した。もう用はないはずだ」

いつの間にか、部長の不機嫌がわたしにもうつっていた。

「まだ用がある」

部長は片肘をついた姿勢を変えなかった。

「どんな用ですか」

「とにかく、しばらく待ってもらう」

「今夜のホテル代を負担してくれますか」

「ここに泊ればいい」

「自分の好きなようにします。警察にはわたしを引きとめる権限がない」

わたしは腰を上げた。終列車の急行が軽井沢を午後八時十二分発だった。

「待て」

部長も立上った。

「早く帰って眠りたい」

「きみは、このまま帰れると思ってるのか」

「当然でしょう」

「きみは無断でこの家に入った。住居侵入罪という罪名を知らんなら教えてやってもいい」

「わたしを逮捕するんですか」

「無理に帰ろうというなら已《や》むをえない」

「慌ててはいけませんね。わたしは中西家の依頼でここにきた。無断で入っていいように、ちゃんと玄関の鍵を預っている」

わたしは鍵を見せた。

言い過ぎたことに、部長はようやく気づいたようだった。落ちそうなズボンを上げ、咳払《せき》いをして、黙ってしまった。

「用があったら東京にきてください。住所は差上げた名刺に書いてあります」

わたしは煙草に火をつけ、反応を待った。

部長は眉《まゆ》をしかめ、怒鳴りたいのを一所懸命抑えているようだった。

わたしは肩を叩いて別れたくなったが、悪ふざけにとられそうな気がして、何も言わずに部屋をでた。

部長は追いかけてこなかった。

居間の電話で中軽井沢駅前のタクシーを呼び、わたしは鶴野屋の前で待つことにした。

15

タクシーは間もなくきた。

すでに顔見知りの運転手だった。

「お嬢さんは見つかりましたか」

彼がきいた。

「いや」

どうせ明日になれば分ることだ。わたしは喋《しゃべ》りたくない気持が強かった。

「軽井沢の駅へ行ってくれ」

「お帰りですか」

「うむ」

「これからだと……、第二志賀号なら中軽井沢にも停りますよ」

「その前に、軽井沢で寄る所があるんだ」

「いろいろお忙しいですね」

運転手は車を走らせ、わたしの不機嫌を察したのか、黙って、その代わりラジオのボタンを押した。
音楽が流れた。
聞き憶えのあるメロディーだった。すぐに歌声がつづいた。
『拾った貝殻を捨てるように
あなたは行ってしまったけれど
……』
伶子の声だった。伶子が作詞作曲したという、三保子が得意そうにレコードを聞かせてくれた、あの物憂い恋の歌だ。
おそらく、レコード会社が放送局に売込んで流しているのだろう。
『……
あたしはもう泣いていない
風に吹かれ
枯葉のように
……』
伶子の歌に間違いなかった。

その彼女はもうこの世にいない。冷くなって、泣くことも歌うこともできない。

彼女の歌が終り、音楽は次ぎへ移った。

「いまの歌を知ってますか」

わたしは運転手にきいた。

「さあ……」

彼は知らなかった。

駅前で下車して、わたしは列車の切符を買ってから、佐藤という腫れぼったい眼をした男のいるタクシー営業所へ行った。

彼は出かけていたが、待つほどもなく戻ってきた。律義に、伶子の写真を持って歩きまわってくれたらしい。

「分りましたよ」彼は言った。「当社《うち》の運転手で浦部というのが、三日の正午《ひる》前に彼女を別荘へ送っています。写真の女の人に間違いないそうです。服装も確かめました。旧道（旧軽井沢）へいった帰り車で、国道の交叉点《こうさてん》の赤信号を待っているときに乗せて、鶴野屋の脇を上る坂の途中で下ろしたそうです」

「その運転手さんに会えますか」

「さっきまでお待ちしてたんですけどね、お客さんがあって千ケ滝まで出ました。すぐ戻るでしょう。それから、これは当社《うち》じゃないんですが、同じ三日の午後に中西さんから車をまわしてくれという電話があり、西部小学校前のバス停で待っているというので迎えにいったら、スッポカされたという話を聞きました」

「なぜだろう」

「知りません。駅前の太陽タクシーのおやじさんが言ってました。この話はたったいま聞いてきたんですが、太陽のおやじさんは怒ってましたよ」

「約束した場所にいなかったら、別荘へ迎えに行けばよかったんじゃないかな」

「ところが、おやじさんは中西という名前を聞いただけで中西さんを知らないし、迎えに行った運転手も中西さんを知らなくて、待ちぼうけをくって戻ったそうです」

「その電話は女の声ですか」

「そう言ってました。旧道へ行きたいという電話で、ことによると、急いでいたところへ空車がきたので先に乗っちまったのかも知れませんね。自分勝手な娘だったら、それくらいのことは平気でやるでしょう。近頃は他人の迷惑なんか考えないのが珍しくありません」

佐藤は、彼自身も何度か似たような被害に遭っている口ぶりだった。

「しかし――」わたしは言った。「もし急いでいたなら、わざわざ新軽井沢のタクシーを呼ぶより追分か中軽井沢のタクシーを呼んだほうが早い」

「そうですね……すると、待っている間にバスがきたのでタクシー代を倹約したのかな」

「あるいはそうかも知れない。知合いの車が通りかかったので便乗したとも考えられるし、気が変って、別荘に戻ったのかも知れない」

念のため、わたしは太陽タクシーの主人に会ってみることにした。その主人の話は、三日前に赤電話をかけている伶子を見たという鶴野屋のおかみの話に符合しているのだ。

しかしほんの二、三分ちがいで、太陽タクシーの主人は出かけてしまったあとだった。留守番のおかみは佐藤と同じ話を繰返し、ほかのことは知らなかった。

わたしは佐藤のところへ戻った。

そこへ、千ケ滝へ行った浦部という運転手が戻ってきた。

気難かしそうな細い眼をした、色の黒い中年の男だった。

わたしは佐藤に返してもらった伶子の写真を、あらためて浦部に見せた。

「間違いありませんよ、確かにこの人です。白いセーターにオレンジ色のズボンでしょう。なにしろ派手な恰好《かっこう》をしてましたからね。帽子も派手だったし、忘れません」

「どんな様子でしたか」

「だから派手だったんですよ」

「元気そうでしたか」

「派手だから元気とは限らないでしょう」

どうも話が通じない。

わたしは煙草をくわえ、彼にもすすめて火をつけてやった。

急がないと列車の時刻が迫っていた。

「あんたの車に乗ったとき、彼女は元気そうだったか、それとも何か心配事があるようだったか知りたいんだ。実は、彼女の死体が別荘で見つかって大騒ぎになっている」

「ほんとですか」

彼はさすがに驚いたらしく佐藤と顔を見合わせ、佐藤もびっくりしたようにわたしを見た。

「嘘《うそ》をついても仕様がない。警察にきけばすぐ分ることだ」

「信じられないな。だって、三日前にわたしの車に乗ったんですよ」

「死んだのはそのあとだろう」

「自殺ですか」

「詳しいことは知らない」

わたしは時間を節約した。

「そう言われてみると、少し様子が変でしたね。旧道のほうで遊んだ帰りみたいだったけど、私が話しかけてもあまり返事をしなかった。そのときから死ぬつもりだったのかも知れない」

「彼女を乗せたのは初めてですか」

「ええ」

「中西家の別荘は知ってましたか」

「いいえ、知りません。坂の途中で下りたから、その近くだろうとは思いました。あの辺も別荘がふえて、近頃は知らない人のほうが多くなりました」

「車に乗ったとき、彼女の近くにつれはいなかったろうか」

「いなかったと思いますけどね、赤信号で停っていたら、自分でドアをあけて乗ってきたんです」

伶子が死んだと聞いたせいか、彼は落着かない眼で、三日前に彼女を乗せた車の客席のほうを振返った。

「鶴野屋の近くで乗せた客はありましたか」

わたしは質問の向きを佐藤にかえた。

「分りません。ずいぶんあっちこっち聞いてみたんですが、鶴野屋の近くなら、追分か中軽井沢の車を呼ぶほうが早いでしょう」

彼の言葉は正しかった。わたしを殴った奴は、やはりバスを利用したと考えたほうがよさそうだ。

もう時間がなかった。
わたしは彼らに礼を言って踵《きびす》を返した。
列車がホームに入っていた。
座席に背中をもたれ、初めて空腹と疲労を覚えた。
しかし空腹は食欲を伴わず、疲れているのは体だけではなかった。

16

列車は定刻より四分遅れ、十時五十分に上野駅に着いた。

わたしはいったん帰宅し、すぐに車をだして、麻布の中西家へ急いだ。

門燈《もんとう》と玄関の明りだけついていて、あとは真っ暗だった。

インターフォンのボタンを押したが、応えはない。

三保子も理江も別荘へ向ったのかも知れない。

——おまえは留守番か。

門扉《もんぴ》の内側に寝そべっていた老犬ベルに声をかけた。

ベルはわたしを見上げ、上体を起こしかけたが、面倒くさいと思ったのかまた寝そべってしまった。この分では、番犬の役を果たせそうもない。

——あばよ。

わたしは自分の車へ戻りかけた。

そのときだった。

擦れ違った一台の車が、中西家の門前にとまった。

わたしとの距離は十メートルと離れていなかった。

運転していた男が先に下りて、お抱え運転手のように反対側のドアをあけた。

三保子が下りた。

扉の隙《すき》に手を入れて閂《かんぬき》を外したのは男だった。

二人の姿が門内に消えた。

しかし、二人は玄関まで歩かず、薔薇《ばら》の茂みに隠れるように立ちどまった。二つの影が一つになり、女の肩を蔽《おお》うように男の背中がこっちを向いて、その背中にまわした女の白い手が、玄関から洩《も》れる明りにほのかに映った。

老いた犬はそんな風景などどこ吹く風の、相変らず色即是空といった様子で寝そべっている。

長い抱擁ではなかった。

間もなく二人の体が離れ、女はそのまま玄関へ向い、男は引返して車に戻った。

彼はわたしを知らない。わたしが様子を窺っていたことさえ気づかぬようだ。

しかし、わたしは彼の顔に憶えがあった。理江に見せてもらったアルバムの中で、水着姿の伶子の肩に手をかけて写っていた男だ。八木沼淳二——伶子に歌とピアノを教えているという作曲家に間違いなかった。逞《たくま》しい体つきと、エラの張った顎《あご》に見憶えがある。門燈の淡い光で見ただけだから年齢はよく分らないが、写真の印象でも三十四、五歳にはなっているようだ。

八木沼の車が去ってから、わたしは五分ほど間を置いた。

その間に屋内の明りがともり、腕時計の針が十二時をさした。

コール・ボタンを押した。

インターフォンに三保子の声がでた。

わたしは名のった。

入ってこいという指図だった。取乱した声で、理江が残していったメモを読んだことが分った。

門の扉に鍵はなく、閂をあけるのは簡単だった。

寝そべっていたベルが体を起こした。ほんの少し移動しただけだが、それでも通路をあけてくれたつもりらしい。

玄関のドアをあけると、三保子が青い顔をして立っていた。渋い藍《あい》地の紬《つむぎ》に鬱金《うこん》色の帯を締めて、むろん帰宅してから着替える余裕などなかったに違いない。

「理江さんはいらっしゃいますか」

「別荘へ行ったわ」

「それでは、メモをごらんになりましたね」

「伶子が死んだって、本当なの」

「ぼくが見つけました」

「お医者さんは間に合わなかったの」

「いえ」

わたしは首を振った。

三保子は知らないのだ、わたしが見つけたときは伶子の体が冷くなっていたことを、そして首に絞められた痕《あと》が残っていたことを——。

母に与える衝撃を恐れた理江のメモは、わたしの電話で伶子の死を告げられたことしか書いてなかった。

「伶子さんは殺されたようです」

わたしは思い切って言った。

「——」

三保子は息をのんだ。いや、ほとんど息がとまったように、青ざめた顔でわたしを見つめた。

わたしは話さねばならなかった。なるべく単純に、事実だけは伝えねばならなかった。

しかし、どうしたら母親を悲しませずに、娘が殺されたなどという話をできるだろうか。

わたしは話し終り、玄関の三和土《たたき》に佇《たたず》んだ。

「信じないわ」

三保子はポツンと言った。弱々しく、遠くから聞えるように、虚ろな声だった。

「おそらく、理江さんは別荘に着いている頃です」

「あたしはどうしたらいいの」

「今夜はもう遅い。最終の列車もでたあとです。今夜は早くお寝《やす》みになってください。そして、明日の朝いちばんの急行で発《た》てば、九時半ごろには軽井沢に着きます」

わたしは調べてきた発車時刻を教えた。眠れと言っても無理かも知れないが、これから車を走らせたところで、向うへ着くのはどうせ朝になってしまう。現場には理江が行っているのだ。三保子が駆けつけてもどうなるものでもない。それより、今は少しでも体を休めたほうがいいのではないか。

わたしは預っていた別荘の鍵を返した。

「あなたはどうなさるの」

「ぼくの仕事は終りました。こんなふうに終ったのが残念でなりません」

「なぜ生きているうちに見つけてくれなかったの」

「多分、昨日依頼されたときは遅かったのです」

「犯人はだれ?」

「分りません。警察が探すでしょう」

「無責任だわ。あたしは生きている伶子を探してってお願いしたのよ……」

それなのに死んだ伶子を見つけてくるなんて、そして、これで仕事は終ったなんて、あまり無責任ではないか……。

抑えていた感情の堰《せき》が切れたのか、三保子は声を震わせた。

しかし、彼女はまだ取乱してはいない。涙も見せてはいない。

「なぜご返事をなさらないの」

「お寝みになれないなら、ハイヤーを呼びましょうか」

「それがご返事?」

「その前に、別荘へ電話をしてみたほうがいいと思います」

「分ってるわ」

三保子はふいに態度が変わり、わたしを待たせたまま、冷静を取戻したように電話機へ向った。

いかなる場合にも、自尊心が勝ちを占める女のようだ。

電話口には最初に刑事がでて、それから理江に代わったらしく、落着いた声で、通話は意外に短かった。

つづいて、彼女はタクシー会社のダイヤルをまわし、ハイヤーを頼んで受話器を置いた。

「理江はひとりで心細がっています」

三保子はわたしの前に戻って言った。伶子の死を確認したせいか、青い顔がいっそう青ざめて見えた。

「ぼくも、また軽井沢へ行くかも知れません」

「お仕事が終ったのに？」

「依頼された仕事は終りました。しかし、ぼくは仕事を終りまで見届ける癖がある。そうしないと次の仕事にかかれない」

「だれのためなの」

「自分のためです。依頼された仕事が終ってしまえば、あとは自分勝手と言われるでしょう」

「犯人を探してくれるということかしら」

「結果的にそうなる場合もあります。ぼくは好きな酒を飲んでぐっすり眠りたい。そのために、ぼくはこのままでは引きさがれないのです」

「損な性分なのね」

「自分ではそう思っていません。協力して頂けますか」

「変な人だわ」

三保子はハイヤーが迎えにくるまでという条件で、わたしを応接間に招いた。

変なのは彼女ではないのか。

わたしは彼女が分らなくなっていた。つい最前は興奮してわたしを詰《なじ》ったのに、今はまるで別人のように落着いている。心が空洞《くうどう》になってそう見えるのか、あるいは意外に冷い女かも知れない。

もっとも、人の心は表面で判断できない。悲しみがあまりに深いとき、人は却って陽気に振舞うこともある。

「伶子さんはなぜ軽井沢へ行ったのか分らないでしょうか」

わたしはきいた。その理由さえ分れば、犯人は簡単に割れるに違いない。伶子は別荘へ行き、誰かと待ち合せ、そして、現れた誰かに首を絞められたのだ。

「分りません。前にお話したとおりです」

「しかし何か目的があったはずです。考えてみてくれませんか」

「…………」

「軽井沢へ行くのに、好きな車を置いていったのはなぜでしょう」

「新しい車が欲しくて、そんなふうに拗ねているのだと思っていました。でも、違いますわね。伶子は殺されました」

「煙草はお好きでしたか」

「好きというほどではないと思いますが、ケントをのんでいました」

ケント——白いフィルターつきの、別荘の灰皿につまっていたアメリカ煙草と同じだった。

「食物は、どうですか。別荘の食卓には、食べ残したらしい罐詰の蟹やアスパラガスがありました」

「好き嫌いの多い子ですが、蟹やアスパラガスは好きでした。それに、別荘にはそんな程度の物しか残ってなかったと思います」

「コーラやコーヒーはどうでしょう。追分へいった日とその翌日、伶子さんはグランド・モテルのスナックでチーズ・サンドを食べています」

「伶子はお魚や卵が嫌いです。お葱《ねぎ》やニンニクのような匂いのする物も嫌いで、ハムやソーセージなども食べません。わがままなのでしょうが、チーズは自分でいろいろな種類の品を買ってくるくらい好きで、朝はたいていチーズ・サンドにコーヒーでした」

「ところで——」わたしは話を変えた。「昨日まで、伶子さんあてに何度か電話をかけてきた男のことですが、今日はどうでしたか」

「やはり電話をしてきました。居留守をつかわれると思ったのか、堤さんの名前でかけてきました」

「堤さんというのは、アルカザールの堤さんのことでしょうか」

「そうです。アルカザールの堤ですが——と言いました。でも、あたしは堤さんの声をよく知っています。騙《だま》されません。相手はバレたと分ると、慌てたように電話を切ってしまいましたわ」

「その電話があったのは何時頃ですか」

「ちょうどお正午《ひる》頃です」

とすると、わたしはまだ列車の中で、軽井沢へ向っていた頃だ。

「いったい何者なのか、全然見当がつきませんか」

「……分りません、伶子がいれば分ったのでしょうけど」

「あるいは、伶子さんの不在を承知で電話してきたとは考えられませんか。つまり、悪質ないたずらです」

「いいえ、割合丁寧な言葉遣いで、どうしても伶子に会いたいようでした」

「しかし用件を言わないのでしょう」

「はい」

「おかしいですね。伶子さんがいなくなった翌日から、毎日そいつが電話をかけてくるというのが気になります」

「あたしも気にしていました。言葉は丁寧ですが、とにかくしつこいのです」

「今日の午後はかかってきませんか」

「夕方、あたしが出かけるまではかかってきません」

「何時頃おでかけですか」

「五時頃だったと思います」

「まさか、相原正也という人の声ではなかったでしょうね」

「違います。相原さんの声なら、あたしも伶子も知っています」

「むろん八木沼さんの声もご存じのはずですね」

わたしはさりげなく八木沼の名前をだした。

「はい」

三保子は眉ひとつ動かさなかった。

そのとき、インターフォンのサインが鳴った。

迎えのハイヤーが来たのである。

わたしは先に席を立った。

17

深夜だが、女とわかれたばかりの八木沼が眠るにはまだ時間が早そうだ。

四谷へ車をとばした。

八木沼がいるという富士マンションは荒木町の三業地に近く、五階建の不細工なビルだった。

駐車場にとまっていた六台の車はそれぞれ型が異っているが、中西家の門前で見かけた八木沼のカルマン・ギア一二〇〇は見当らない。

二階のB号室と聞いた彼の部屋も明りが消えている。

念のためコール・ボタンを押してみた。

返事はなかった。

一階の狭いロビーに戻ると、赤電話があった。

富士マンションのダイヤルをまわした。

しばらく待たされ、やがてでた声は男だったが、昨夜の声と違っていた。

「二階B号の八木沼さんをお願いします」

「電話の交換は十一時で終りです」

男の声は無愛想だった。

電話交換手の勤務は午前九時から午後五時半まで、そして、午前七時から交換手の出勤する九時までと午後五時半以後十一時までは当直の守衛が取次いでいるのだ。

わたしは眠っている守衛を起こしてしまったらしい。

しかし守衛の当直は、ビルの警備と急事のためにそなえてあるはずだった。

「恐縮ですが……」

わたしは急用なのでぜひ取次いで欲しいと頼んだ。

無愛想な返事が戻ってくるまで、またしばらく待たされた。

「八木沼さんはお留守ですよ」

何時ごろ出かけたのか、行先も知らないという。

わたしは電話を切り、今度はアルカザールのダイヤルをまわした。

アルカザールは十時半頃最終ステージが終って、それから十一時頃までの間に客が帰り次第閉店してしまう。

すでに午前一時近かった。

しかし、閉店後のステージをそのまま稽古《けいこ》場にして、バンドや歌手たちの音合わせが二時すぎまで行われることが珍しくないという話を堤に聞いていた。

それで期待してダイヤルをまわしたのである。

堤が電話口にでて、間もなく帰るところだと言った。

わたしは待ってくれるように頼んで受話器を置いた。

銀座へ急いだ。

並木通りのビルの入口の、アルカザールのサインボードは消えていた。

一時を過ぎると、バーやキャバレーから吐きだされた客やホステスたちの往来も少かった。

地階へ下りて、黒いガラス・ドアを押した。

クインテット・カオスが聞き馴れぬ曲を演奏し、少女歌劇出身の歌手がバンドに向って指揮するように手を振りながら歌っていた。

堤は、いちばんうしろの席にポツンと取残されたように腰をかけていた。

むろん、客は一人も残っていない。堤のほかは、バンドや歌手の関係者らしいのが隅のほうのテーブルを囲んで数人かたまっているだけだ。

堤に迎えられ、わたしは彼のとなりに腰を落とした。

わたしが煙草に火をつけている間に、

「中西さんの消息は分りましたか」

彼のほうから話しかけてきた。

「分りました。しかし、いいお知らせではありません」

わたしは軽井沢へ行ってきたことを話した。

「ほんとうですか」

堤はさすがに信じかねるようだった。

「ぼくと擦れ違いに、妹の理江さんが軽井沢へ行きました。お母さんも車で発った。瀬尾という男は、その後現れませんか」

「あれっきりです」

「初めに会ったとき、名刺を貰いませんか」

「名前を聞いただけでした」

「八木沼氏に会いますか」

「しばらく会いません。以前はよくここに来て、それで中西さんとも知合ったわけですが、彼女の新曲のことでゴタゴタして以来、殆ど見えなくなりました」

「ぼくは軽井沢で中西伶子の歌を聞いた。死体を見たあとだったが、偶然、タクシーのラジオが流していた」

「レコードの売行きがよさそうなので、会社も宣伝に力を入れだしたのでしょう。そんなことをチラッと耳にしました」

「レコード会社はどこですか」

「オリオン・レコードです」

「担当のディレクターは？」

「毛利という人です」

「八木沼淳二氏が、その毛利というディレクターを通じて中西伶子を売込んだわけですか」

「そうだろうと思います。八木沼さんと毛利さんは、高校時代同級だったと聞いています。それで親しいようでした」

「おくさんを亡くしたあと、八木沼氏の女性関係を聞きませんか。余計なことかも知れないが、中西伶子につながりのある人々については何もかも知っておきたい」

「すると私のこともですか」

「お差支えなければ、お願いします」

「私は三十七になります。女房がいて子供が二人いて、ほかにすることが何もなくて、シャンソンが好きだったからこんな商売を始めた。それが六年くらい前です」

堤は厭味《いやみ》な口調ではなく答えた。好意が通じ合っていて、わたしの質問が成行き上の形式にすぎないことを承知しながら、わざと生真面目な態度を崩そうとしない口ぶりだった。

むろん、わたしが知りたいのは彼の家族のことなどではない。わたしはすべての関係者を疑い、しかしそうかといって、彼を無視しているわけでもなかった。わたしはすべての関係者を疑うように馴らされた男だった。

いずれにせよ、クインテット・カオスの演奏つきで周囲に人がいては話がしにくかった。事務室へ席を移してもらい、わたしはあらためて八木沼の女性関係をきいた。

「噂《うわさ》はいくつか聞いていますが――」堤は言った。「事実かどうか知りません」

「例えばどういう相手ですか」

「キャバレーやナイトクラブなどで歌っている女で、彼に騙されたというのが二、三人いるようです。レコード会社に売込んでやると言って女の部屋に泊りこみ、金まで巻上げたというんですが、どこまで本当の話か知りません。本当とすれば、女がばかで歌も下手くそだったのでしょう。売込みは彼の商売ですから、レコード会社のオーディションを受けさせる程度のことはしてやったと思います。それには金だってかかりますからね。騙されたというのは売込みに失敗したあとの結果論で、自分でそんなことを言いふらす女は、やはりばかだったとしか言えないでしょう」

堤はニコチン止めのホルダーをくわえ、膝に落ちた煙草の灰を払い、そういう女はよくいるんですよ、と言った。男に騙されたというより、自分の才能に騙され、自分の野心に傷つくのだ。

「中西伶子との噂はありませんでしたか」

「聞きません。何かあったんですか」

「いや、知らないから、あるいはと思っておたずねするわけです」

「私も知りませんね、何もなかったと思いますが」

「しかし彼女については、彼の売込みが成功したのでしょう」

「まだ、そこまでは言えませんが、とにかくレコードを吹込ませ、あの歌が好評であることは確かで、ヒットするかしないかはこれからの問題でした。この店で歌っていてもお客さんの評判がよく、私はヒットするだろうと思っていました」

「彼女が死んだらどうなるだろう」

「分りませんね、もしレコードがどんどん売れだしたら、会社はほかの歌手に歌わせるかも知れないし、マスコミを利用して中西さんが吹込んだ曲のまま売りまくるかも知れない。彼女の死を、マスコミがどう取上げるかで違うと思います」

「ぼくは中西伶子を写真でしか知らなかった。美しかった。むろん若い。そして多少遊び好きでもあったらしい。その彼女を愛していた男、あるいは彼女のほうでも愛していた男がいなかったとは思えないが、ご存じだったら教えて頂けませんか。新しい曲は失恋の歌のようですが、モデルがあったようならそれも知りたい」

「弱りましたね。そうあらたまってきかれると、私は何も知らないんです。一緒に仕事をしていて、一緒にボーリングをしたことなどもある。しかし何を知っているかときかれたら、お答えできることはありません」

堤は相変らず口が固かった。

わたしの職業にとって、こういう男がいちばん苦手だった。友だちになりたいような男は、仕事の扶けにならない。たまに役立つ情報提供者は、ろくでもない奴が多かった。

聞えていた歌手の稽古《けいこ》が終り、バンドの音合わせも終ったようだった。

「早川ルリさんの姿が見えなかったけど、先に帰ったんですか」

「ええ、今日は昼の部にでただけで帰りました」

「明日は何時頃きますか」

「明日は出演日じゃありませんが、やはり昼の部のステージが始まる一時前後にはくるでしょう、殆ど毎日来てますから。中西さんが死んだことを聞いたら、どんなに驚くか知れません。私でさえ、まだ信じられない。しかし、いったいなぜ自殺したのだろう。遺書はなかったんですか」

「自殺じゃありません。ぼくが見つけたのは首を絞められた死体だった。だからこんな真夜中にお邪魔したんです」

「…………」

堤は初めて愕然《がくぜん》としたようだった。

「瀬尾という男が現れたら、ご面倒でしょうが必ず連絡してください」

わたしは、テレフォン・サービス・センターの電話番号をメモして渡し、それから相原正也を紹介してくれるように頼み、外で待つことにした。

堤はメモを眺め、驚きが烈しかったせいか、何も言わずに頷いただけだった。

わたしはアルカザールのドアを押し、風の吹く街へ階段を上った。

18

バンドマンたちが揃って帰ったあと、ひとり残って堤の話を聞いていたらしい相原が姿を見せたのは、しばらく経ってからだった。

声をかけると、黙って肩をならべた。

背は彼のほうがやや高く、痩《や》せて、どことなく表情が暗い。それは伶子の死を聞いたせいもあるだろうが、演奏していたときから暗かったようだ。

「どんなご用ですか」

歩きながら、相原が口を切った。

「堤さんに話を聞きませんか」

「聞きました。伶子さんはほんとに殺されたんですか」

「死体を見つけたのはぼくです」

「そのことも堤さんに聞きました」

「あなたは軽井沢の別荘へ行ったことがありますか」

「あります」

「いつ頃ですか」

「去年の、夏の終り頃です。当時は彼女のお父さんも元気そうだったし、招かれて一週間ほど滞在しました」

「あなたが彼女にピアノを教えていたのはその頃ですか」

「よく知ってますね」

「彼女の母親に聞いた。あなたと彼女が並んでいる写真も見せてもらった」

「そうですか」

暗がりで分らないが、相原は含み笑いを浮かべたようだった。低い、人生を投げてしまった者が残り滓《かす》を吐きだすような声だ。

好きな声ではない。それはある時期のわたし自身を思い出させる。

「あなたと伶子さんとの関係を話してくれませんか」

わたしは率直に質問をぶつけた。

「刑事の真似ですか」

相原は聞返した。皮肉に聞えた。

「自分の商売の真似ですよ。依頼された仕事は、伶子さんの死体を見つけたときに終っている」

「私立探偵という商売は、途中でやめられぬほど面白いんですか」

「皮肉はもっと暇なときに聞かせてもらう。教えてくれないか。きみは彼女を愛したことがあるはずだ」

「そんな話を誰に聞きましたか」

「写真を見て想像した」

「想像力が強すぎますね。軽井沢であの写真をとった頃は、まだピアノと歌の稽古につき合っていただけだった」

「まだというと？」

「あとは、それこそご想像に任せます。恋愛が気まぐれなものだということはご存じでしょう」

「気まぐれが永遠に結びつくこともある」

「キザな言い方はやめてください。どっちが先に箸《はし》をとったかなんてことはどうでもいいが、一応順序を立てて言えば、ぼくは彼女に愛され、のめりこむように溺《おぼ》れていった。しかし、ぼくたちの仲は短かった。風が吹いたと思ったら、彼女はもうぼくのそばにいなかった」

「どこへ行ったんですか」

「知りませんね。知っていたって、あんたに喋る義理はない」

「プールサイドで、八木沼淳二と彼女が写っている写真もぼくは見ている」

「また想像ですか」

「違いますか」

「ぼくは知らないと答えた」

「きみは苦しそうだ。きみの話を聞くと、伶子さんが作ったという歌詞はきみが作ったような気がする」

……

でも
あたしはもう泣いていない
風に吹かれ
枯葉のように……。

「冗談じゃありませんね。ぼくはあんなセンチメンタルな歌を作らない。振られた男が未練たらしい歌を作り、自分を捨てた女に歌わせるなんて悪趣味だ」

相原は首を曲げるように肩を揺った。

しかしそれが悪趣味なら、たとえ伶子の作詞作曲でも、そんな歌の伴奏をするのは似たような自虐趣味だろう。

彼はそのことに気づいているはずだ。気づいても平気なほど神経が太ければ、あるいは気づいても平気なほど彼の心が遠く離れているなら、もっと素直にわたしの質問に答えられるはずだった。

「あの歌は、彼女が作ったと思いますか」

「彼女がそう言ってるならその通りでしょう」

「あの歌にでてくる公園は、彼女の自宅近くの有栖川宮公園だと思う。すると、あれは彼女の体験だろうか」

「ぼくにきいたって無駄ですよ。ぼくは振られた男にすぎない。それも、何人かの男のうちの一人だ」

「ほかの男は誰ですか」

「知りませんね。彼女は多勢の男に愛されていた。多勢の男に取巻かれ、チヤホヤされているのが好きだった。だから、振られた男も多いだろうというだけです」

「八木沼淳二はどうだろう」

「知りません。最近は全然会っていない」

話しながら、銀座通りを四丁目の角まで歩いてしまった。

和光の大時計が間もなく二時半をさそうとしている。

「お宅はどちらですか。ぼくは車できている。お送りします」

「いえ――」彼は首を振った。「ぼくも車です、セコハンの安物ですがね」

アルカザールの近くに駐めてあるという。

わたしは途中まで送ると言って、踵を返した。

この時間になると、銀座通りも人影は疎らだった。

「伶子さんが殺されたことについて、心当りはありませんか。なぜ軽井沢へ行ったのか、そしてなぜ殺されたのか」

「あんたは物好きな人だ。同情しますよ。あんたの商売は人に嫌われる」

「ぼくは真面目にきいている。それに、今は商売を離れている」

「だったら尚さら物好きだ。ぼくは他人のことに興味がない。彼女は歌っていた。ぼくは伴奏していた。ぼくにとっては、彼女がいなくなれば別の歌手がステージに立つ。それだけの違いしかない。自殺でも他殺でも、交通事故で死んだって同じです。彼女が行方不明になってからも、ぼくは毎日同じように演奏していた。明日も変らないでしょう。明後日だって変らない」

「しかし、きみは彼女を愛したことがある」

「だからどうだというんですか」

「――」

わたしは黙った。

怒るかと思ったが、彼の声は依然低く、あとの言葉を途切らせた。

わたしは足をとめた。

彼はそのまま歩いていった。

わたしたちはサヨナラを言わなかった。

振返らず、負け犬のように肩をすぼめ、彼はまっすぐ歩いていった。わたしと肩を並べていたときと同じ足どりで、わたしのことなどは忘れてしまったように――。

わたしは彼を尾行することにした。

19

相原の車はフォルクス・ワーゲン一二〇〇、甲虫《かぶとむし》スタイルのかなり古そうなやつだが、おんぼろ車はこっちも同様だった。

荒っぽいが確かな腕で、彼の車は溜池から六本木へ向う途中を右折してとまった。

黒地に白ぬきのサインボードを灯して、「シャドウ」というスナック・バーがあった。

バーや喫茶店の深夜営業が禁止されているので、深夜の客を相手にする店はみんな付けたりのようにスナックやレストランの看板を掲げている。カレーライスのメニューを壁に貼った新宿のジャズ喫茶ゼロなどもその例だ。

相原はシャドウのドアを押して消えた。

小さな店だ。外見では分らないが、客の数は少いらしい。待っていた四十分ほどの間に、新しい客はなく、中年の男とホステスふうの女が一組でてきただけだった。

やがて現れた相原は、酒に弱いのかピッチをあげて飲んだのか、かなり酔ってみえた。つれはなかった。

「大丈夫ですか」

ドアをあけて見送りにでたバーテンが、心配そうに声をかけた。

そのバーテンに、わたしは見憶えがあるような気がした。うろ憶えというより、つい今朝がた（もう午前四時だから昨日の朝と言うべきだろうが）、わたしがその男を見たのはほんの一瞬、それもはっきり見たわけではなかったが、しかしわたしの眼に狂いがなければ、そのバーテンは、薔薇垣《ばらがき》の隙間《すきま》から中西家を覗いていた男に似ていた。わたしに気づくと、慌てたように痩せぎすな背中をみせて消えた若い男だ。

相原はバーテンに答えないで自分の車へ戻った。

相原の車が去った。

わたしは薄茶色のサングラスをかけた。こんな時刻にサングラスをかけていれば、たいていばかに見えるだろうし人相が悪くなることも分っている。

シャドウのドアを押した。

鍵型《かぎ》の低いカウンターと、ボックスが一席きりの狭い店で、バーテンはカウンターの上を片づけていた。

客はいなかった。

「すみません、もう、おしまいなんです」

見馴れぬ客に、彼は落着かない眼をして言った。青くむくんだような顔にホクロが幾つか散らばっていて、気の小さそうな男だ。

「飲みにきたんじゃない。この店はあんた一人かい」

「いえ、マダムがいますけど、きょうは早く帰りました」

彼の眼はますます落着かなかった。わたしの顔を思い出さないようだ。サングラスを取っても分らないだろう。

「相原はよく来るのか」

わたしは彼の前に腰を落とした。

「ご存じなんですか」

「この先で擦れ違ったが、彼のほうは気づかなかったらしい。大分酔っているようだった」

「そうですね、ちょっとの間に、ウイスキーを五杯飲みました。しかもダブルです」

「いつもは？」

「シングルを水割りにして二、三杯です」

「荒れていたのか」

「いえ、割合静かでした。しばらくお見えにならなくて、今夜は久しぶりだったのです」

「中西伶子の話をしなかったか」

「――」

彼の表情が動いた。鈍そうな眼だったが、視線のそらし方は早かった。しかし図太い男なら、こういう時に視線をそらすようなヘマはしない。

「おれが知っていることを先に言おう」わたしは間を置かなかった。「昨日の朝、きみは中西家を覗いていた。そしてそれ以前から、伶子を呼びだす電話を何度もかけている」

「――」

「答えられないのか」

「すみません」

「謝ることはない。なぜあんな真似をしたのか、わけをきいている」

「伶子さんに会いたかったんです。それだけです。デイトの約束をすっぽかされ、それっきりこの店に来ないし、アルカザールも休んでいるというので、心配でたまらなかったのです」

「デイトの約束というのは？」

「日比谷で映画を見ることになっていました」

「惚れていたのか」

「――」

彼は肯定するように唇を結んだ。

しかしデイトの約束をしたからといって、その程度では愛し合っていたことになるまい。

わたしは伶子の気持をきいた。

「好意を持ってくれたことは確かです。そうでなければ映画を見る約束をしなかった」

「しかし、彼女に惚れていたのはきみだけじゃないだろう。そういう男をほかに知らないか」

「以前は相原さんと親しくて、結婚するという噂もありました。でも、相原さんは振られたという話を聞きました。相原さんが滅多にこの店に来なくなったのは、その後です」

「伶子は相変らず来ていたのか」

「週に二度くらいです」

「つれは?」

「たいてい歌のほうの友だちです。早川ルリさんとか、アルカザールの堤さんとか……」

「八木沼という男は来ないか」

「さあ、どんな人でしょう」

「知らなければいい。瀬尾という男を知らないか」

「瀬尾さん? ……」

「背の低いずんぐりした男だ」

「……知りませんね」

彼は首をかしげ、帰りを促すようにグラスを洗い始めた。

「話を戻そう。中西伶子について、相原はどんな話をしていった」

「別荘で殺されたという話です。ぼくは信じられなかったけど、本当らしいと言ってました」

「相原の話はそれから?」

「それだけです。あとは黙って飲んでいて、急に出て行ってしまいました」

「それじゃ彼は何をしにここへ来たんだ。飲みにきただけか」

「知りません。伶子さんが吹込んだレコードをかけさせて聞いていました」

「公園の歌か」

「はい」

「あの歌は失恋を歌っている。モデルがいたとしたら、相手は誰だろう」

「ぼくじゃありません」

「それは分っている」

女を振るつらではない。

結局、彼は何ひとつ知らなかった。最近の伶子に恋人がいたかどうか、それも彼自身を除けばいないと言いたそうな口ぶりで、そのくせ、初めてのデイトをすっぽかされた理由さえ分っていなかった。

「どうせぼくなどは暇つぶしの遊び相手で、彼女のほうは約束なんか忘れてしまったのかも知れませんけどね」

しまいには自嘲的《じちようてき》にそう言った。

彼の名前をきいた。

「望月です」

彼は証明書を見せるように、背広の内側に縫いこんだネームを見せた。

「おれが来たことは内緒にしといてくれ」

「失礼ですが、刑事さんですか」

「――――」

わたしは答えないで立上り、点検するように室内を見まわした。

一方の壁に、伶子のレコードのジャケットが画鋲《がびよう》でとめてあった。そのジャケットいっぱいに、伶子の写真は美しく、物憂そうな微笑を浮べていた。

20

東の空はまだ暗かった。

帰っても眠れそうにない。

新宿のゼロへ車をとばした。

さすがに夜明け近い時刻では、相変らずレコードはガンガン鳴っていてもあちこちに空席があった。タフな若者たちも疲れた様子で、踊っている者はなく、元気なのがせいぜいリズムに合わせて肩や首を振っている程度だった。

眠そうな眼をしたボーイに迎えられた。

売れないファッション・モデルでデザインの勉強をしていると言った菊地博子が、奥のほうの席で椅子に凭《もた》れていた。

顎ひげの青年は見えない。

博子は眠っているようだったが、わたしがとなりに腰を下ろすと、体を起こしてわたしを見た。

眠りから覚めきらぬようなトロンとした眼だった。睡眠薬をのんでいるのかも知れない。わたしを憶えていて挨拶したが、呂律《ろれつ》が少しおかしかった。

わたしは空腹だった。

ボーイにきくとカレーライスなら残っているという。わたしは残り物のカレーライスを注文した。すると、博子はライスぬきの、つまりカレーだけ食べたいと言った。

「あんたが探してた女の人、見つかったの?」

「軽井沢にいたよ」

「よかったわね」

「それが、あまりよくないんだ。殺されていた」

「嘘でしょう」

「朝刊を見れば分る」

「ほんと?」

博子は眠気がさめたように、眼をまるくした。

「それじゃ、もう探さなくていいのに、今度は何の用できたの」

「一昨日、ぼくより前に従兄だと言って彼女を探しにきた男がいただろう。そいつはその後現れないか」

「あたしは見ないわ。あの人が犯人なの？」

「いや、犯人は分っていない」

「なぜ殺されたのかしら」

「それも分らない」

「あたしの友だちで、無理心中させられた人がいたわ。スミ子って知ってる？」

「知らないな」

「無理心中させられた友だちの名よ。眠っている間にガス栓《せん》をひねられて、もちろん男も死ぬつもりだったらしいけど、救急車がきて男だけ助かっちゃったわ。まるでばかみたいな話よ。退院したら男の方はスミ子のことをケロッと忘れて、きっと記憶喪失になったのね、スミ子の顔も思い出せなくなって、そのうち救急車で運ばれた病院の看護婦と恋愛して結婚したって聞いたわ」

「きみの友だちは殺され損か」

「大損よ。まだ十九だったんですもの」

話がそれた。博子の友だちの話などはどうでもよかった。

中西伶子がゼロに現れたのはいつだったか、それをはっきり思い出してくれるように、わたしは博子に名刺を渡してあった。

「あたしはやっぱり木曜日だったと思うけど、分らないわ」

一昨夜わたしに別れてから、顎ひげの青年とも話し合ったが、彼も正確には分らずじまいだったという。

カレーライスが運ばれた。

見るからに不味そうなカレーライスで、確かにカレーの味はしたが、飯は冷えていて、ジャガ芋は煮つまって溶けたらしく、カレーライスに間違いないというだけのカレーライスだった。

博子はたちまちカレーをたいらげた。

「出よう」

わたしは半分ほど余し、薄っぺらなスプーンを置いて言った。

「どこへ行くの」

「きみも帰る時間だろう。車があるから家まで送る」

「帰りたくないわ」

「なぜだい」

「なぜってこともないけど、家《うち》へ帰ったってつまらないわ」

「しかし両親が心配してるだろう」

「もう馴れてるから平気よ。パパは仕事が忙しいし、ママは兄貴の受験勉強で夢中だわ。二年連続で東大にすべって、兄貴は諦《あきら》めてるのに、母が諦めないのよ。家に帰っても憂鬱《ゆううつ》だわ」

「とにかく外へ出よう」

「何処へ行くのよ」

「きみの好きな所へ行く」

「あたしが好きなのはここしかないわ」

「ドライブをしないか」

「どこへ」

「どこでもいい」

「それじゃ京都へつれていってくれるかしら。友だちがいるのよ」

「京都までは無理だ。ぼくは仕事を抱えている」

「パパと同じなのね」

「お父さんの勤め先は？」

「ちっぽけな会社よ」

「どうしてもぼくに付き合うのは厭か」

「ベッドがダブルなら、あんたのお部屋へいってもいいわ」

「残念だがシングルだ。それにぼくは寝相が悪い」

已《や》むをえなかった。睡眠剤がきいている小娘と寝る気にはなれなかった。たとえ相手が好きな女でも、今夜のわたしは疲れすぎていた。

わたしは席を立った。

「帰っちゃうの」

「帰る」

「サヨナラね」

「また会いにくるかも知れない。この店のカンバンまで僅《わず》かな時間だが、ぐっすり眠りたまえ」

わたしは勘定を払ってゼロをでた。

東の空が明けそめていた。

わたしは煙草に火をつけ、息深く吸った。

口の中が苦かった。

21

ベッドにもぐったが、わたしは寝つかれぬままに伶子の足どりを追った。

伶子が失踪したのは九月一日の夜である。

その夜、アルカザールの最終ステージを終えた彼女は、愛用の車を銀座の路傍に駐めたまま姿を消した。

そして翌二日には中軽井沢駅からタクシーを拾って、グランド・モテルのスナックに立寄っている。そのとき彼女を乗せた運転手の話が確かなら、彼女は新宿のジャズ喫茶で夜を明かし、翌朝の列車で別荘に来たのだ。

そして次ぎの日の三日も午前十時頃モテルのスナックで食事をすませ、それから旧軽井沢へ行ったらしく、軽井沢駅前タクシーの浦部運転手が国道の交叉点《こうさてん》付近から別荘の近くまで彼女を送り届けている。

ところが、その日の彼女はまた旧軽井沢へ向った様子で、午後三時過ぎに太陽タクシーを呼び、西部小学校前のバス停前で待つと告げながらタクシーをすっぽかしてしまったが、彼女が太陽タクシーへ電話をかけたと覚しい同時刻頃、別荘に近い鶴野屋のおかみは、伶子が店先の赤電話をかけていた姿を見ている。このおかみの見た姿が生きている伶子の最後で、次ぎは三日後の九月六日に死体となって見つかったのだ。

鶴野屋のおかみの話によれば、四日の午後二時ごろ中西家の別荘を訪ねた男があり、とすると殺されたのは四日（一昨々日《さきおととい》）で、犯人は鶴野屋のおかみに道順をきいた男だという推定が成立つ。詳細は解剖医の所見をまたねば分らないが、わたしが見つけたとき、死体は死後二日くらい経っているようだったし、その後伶子を見た者がいないことも四日前後に殺されたことを裏づけているだろう。

しかし、この間《かん》の伶子の行動は分らないことだらけだ。

まず第一に、なぜ季節外れの別荘へ、しかも家族に無断で行ったかが分らない。

車を置去りにした理由も分らない。三保子の話では拗ねているのだろうということだったが、それなら都内のホテルに泊ってもよかったはずで、わざわざ軽井沢へ行く必要はない。

伶子が太陽タクシーの車をすっぽかしたのは、営業所の佐藤が言ったようにどうにでも説明できるが、同じ日に二度も旧軽井沢へ行ったのはいったい誰を訪ねたのか。三日の午後はモテルのスナックにもドライブ・インの食堂にも現れていないから、あるいはその日は旧軽井沢で買物をして、ついでに夕食を済ましてきたのかも知れない。

しかし旧軽井沢へ行った目的はそれだけだろうか。

浦部運転手によると伶子は麦藁帽子をかぶっていたというが、その前の日に中軽井沢駅から彼女を乗せた若い運転手は、麦藁帽子をかぶっていなかったと思うと語っている。つまり、伶子は別荘にきた翌日旧軽井沢へ行って麦藁帽子を買ったか貰ったかしているのだ。

信州の秋は早い。鶴野屋のおかみが言ったように、八月末頃までには殆どが別荘を閉じて都会へ引揚げてしまう。そして、それらの人々のあとを追うように、夏の間だけ軽井沢に支店を開いた東京の商店もつぎつぎにシャッターを下ろし、町全体がひっそりと冬支度を整えるのである。

しかしそれらの店——旧軽井沢に蝟集《いしゅう》しているレストランや喫茶店、洋装店などのすべてが閉店したわけではなく、九月に入ったばかりではまだ残品整理のバーゲン・セールをやっている店があるし、避暑期にかかわりなく店を開いている町の洋品店でも、麦藁帽子くらいは容易に買えたはずであろう……。

わたしはいつの間にか眠った。

浅い眠りだった。

電話のベルで起こされたが、間違い電話だった。

シャワーを浴び、軽い食事をすませた。

後頭部に手をあてると、昨日殴られた痛みがまだ残っていた。

正午近かった。

四谷の富士マンションへ行った。

駐車場に八木沼淳二のカルマン・ギアが駐っていた。昨日の深夜、中西家の門前で三保子を下ろした車に違いなかった。

マンションのロビーで赤電話のダイヤルをまわした。

交換手の声がでた。管理人室のドアが開いていて、小さな交換機に向っている女の横顔が見えた。十七、八の、健康そうに肥えた娘だった。

「失礼ですが、ごく内密にお伺いしたいことがあります。会って頂けないでしょうか」

「あたしにですか」

「そうです」

「あなたは？」

「真木といいます。このマンションのロビーで、赤電話をかけています」

「――――」

交換手が振向いた。

わたしは笑いを浮かべ、相手の感情を害しないように頭をさげた。こういうときの笑顔は、親しみを抱かせるか、反撥《はんぱつ》を与えるかどちらかだった。

「どんなお話かしら」

交換手はわたしを眺めたまま言った。

「大切なことなので、お会いしてからお話しします。ここは屋上に上れますか」

「はい」

「それでは屋上で待っています」

わたしは返事を待たずに電話を切った。

すぐ脇にエレベーターがあった。

屋上へボタンを押した。

屋上は風が快かった。一隅《いちぐう》を区切った物干場に、色とりどりの洗濯物がはためいていた。

人はいなかった。

空が晴れているのに、四方どこを眺めても東京は埃《ほこり》っぽい灰色の街だった。

わたしが東京を気に入っているのは、というより東京を離れようとしないのは、この灰色の埃がしみついて体の一部になってしまったからだろう。わたしが吐く息もまた灰色で、流れる血には埃が混っているに違いない。

交換手は間もなく上ってきた。

風に乱れた髪をかきあげ、不安そうな様子の彼女に、わたしは重ねて失礼を詫び、八木沼に対する結婚調査を装った。

「ぼくのような仕事をしていると、思いがけない例にぶつかることがあります。独身と信じていた相手が、調べてみたら郷里に妻子がいたり、ひどい例では、婚約した男が強盗の犯人で指名手配中だったことがあった。むろん偽名をつかっていたのですが、郷里に妻子がいた男の場合は、結婚詐欺の常習犯だった。こういう男たちに騙された女性の不幸は想像がつくでしょう。事前に防げる不幸があるなら、それを防ぐのがぼくの仕事です。あなただって結婚するときは注意しないといけない。愛情は人を幸福にも不幸にもします……」

わたしは下手なセールスマンのように説明し、彼女の好奇心を誘った。

「八木沼さんが結婚なさるの」

「まだ決まっていません」

「お相手はどんな方《かた》かしら」

「あるお宅のお嬢さんです。あなたはこのマンションの人たちに電話を取次いでいる。それで、八木沼淳二氏についてもし偶然わかったことがあったら教えてくれませんか。そのお嬢さんのために、あなた自身が結婚するつもりで答えてください。もちろん、あなたに聞いたということは内緒にしますし、彼が結婚相手として理想的人物であるとおっしゃるなら、ぼくはその通りに報告します。彼の職業をご存じですか」

「作曲家って聞きました」

「二階のB号室に、彼はひとりで住んでるんですか」

「はい」

「電話はよくかかりますか」

「普通だと思いますけど……」

彼女は協力的に、割合すらすら答えた。

外部からの電話は交換台を通るが、居住者が外部へかけるときは、0番号を回すと加入電話同様に交換台を通さないで直接ダイヤル通話できる仕組になっている。ただし都区外にかけるときは、交換台を通さねばならない。

「むろん、あなたは外部からかかった電話の傍受などなさらないでしょう。だから偶然耳にしたことで結構なのです。女性の声で、あなたが名前を憶えた人はいませんか」

「さあ……」彼女は困ったように首をかしげた。「声を憶えた人はいますけど、取次ぐときに名前はお聞きしないので分りません」

「声を憶えたのは何人くらいいますか」

「三、四人います」

「少し嗄《かす》れたような声の女性はいませんか」

「ええ、いますわ。特徴があるので憶えましたけど、その人と結婚するんですか」

「そうじゃありませんが、声だけでそういう相手ということが分りますか」

「声の調子が、何となく恋人みたいな感じでした」

「中西伶子という人を知りませんか」

「………」

彼女はまた首をかしげた。首をかしげるとき、必ず空を見上げた。

わたしは伶子の写真を見せた。

「この女性です」

「この人なら、四、五回見かけました。どの部屋を訪ねたか知りませんけど、玄関先で、一度は八木沼さんといっしょでしたわ」

「彼女が結婚しようという相手ですよ」

わたしはデタラメをつづけた。

交換嬢は朝刊を読んだはずだが、軽井沢で起った殺人事件の記事は憶えているとしても、被害者の名前までは記憶していないようだ。

「彼女のほかには、恋人らしい相手を知りませんか」

「…………」

心当りがなさそうだった。

わたしは礼を言って、帰りかけた。

そのとき、

「あの――」彼女は最前から考えあぐんでいたように言った。「こんなこと言っていいかどうか分らないんですけど、八木沼さんは誰かに脅迫されているようです」

「誰かとは？」

「知りません。一昨日の午前中と、今日も二時間くらい前に同じ人から電話がかかってきて、脅迫されているみたいでした」

「どんな内容の脅迫だろう」

「分りません。あたしはちょっと聞いただけなんです。お金のことで言い合っているようでした」

「相手の名を聞きませんか」

「はい」

「八木沼氏の返事はどうでしたか」

「電話では話せないと言って、どこかで会うことにしたようです」

「それをさっきから思い出そうとしているんですけど、思い出せません。確か新宿の喫茶店でした」

「どこかとは？」

「二時間前の電話というのは何だったのかな」

「新聞の話をしていました。新聞を見たとか見ないとか、わけが分らない話をしているうちに、あたしは事務の仕事もしてるのでほかの用があり、交換台に戻ったときは電話が終っていました」

「あなたが結婚すると仮定した場合、八木沼氏のような男を相手としてどう思いますか。もちろん、年齢の差などはヌキにして考えてもらう」

「分りませんわ。あたしはたまに顔を見るだけで、直接お話ししたことがありません。でも、一般的に言えば好感を持たれる人じゃないかしら、そんな気がします」

「つまり、もてるタイプということですか」

「そうね、あたしの好きなタイプじゃないけど、ああいうタイプを好きになる人の気持は分る気がします」

彼女は大人びた口をきいた。悪い感情は抱いていないようだ。

22

二階B号室は、ルーム・ナンバーのプレートがかかっているだけで、八木沼の表札はなかった。

コール・ボタンを押した。

三打点のホーンが鳴って、間もなく覗《のぞ》き窓に二つの眼がうつった。

「どなた?」

「真木といいます」

「どんなご用ですか」

「軽井沢から来ました」

「――――」

覗き窓が閉じて、ドアが開いた。

「どんなご用ですか」

八木沼は落着かぬ様子でわたしを眺《なが》め、ふたたびきいた。

「朝刊をごらんになったでしょう。中西伶子が殺された事件について、お伺いしたいことがあります」

わたしは玄関に入り、やや高飛車に言った。

八木沼は表情をくもらせたが、何か言いかけて口を噤み、応接セットを置いた部屋へ案内した。

八畳ほどの絨毯《じゆうたん》を敷いた部屋で、ドアがしまっている奥に、もう一部屋か二部屋あるようだった。

玄関に脱ぎ捨ててあった履物は男靴《ぐつ》一足きりで、少くとも現在はほかに人がいないらしい。

ビニール・レザーの応接セットに、ステレオとカラー・テレビと、一方の壁にはレコード会社のカレンダーがかかっている。窓際の隅にゴルフ・バッグが立てかけてあった。

わたしはソファの脇に立ったまま、煙草に火をつけ、彼の着席を待った。

淡い桃色がかったナイロンのワイシャツを三つ目のボタンまで外し、キザっぽい金鎖のペンダントを覗かせて、写真や昨夜見た感じよりおとなしそうだが、おとなしそうな奴がおとなしいとは限らない。

「ぼくは私立探偵です。どこの馬の骨とも知れないし、信用なさらなくていっこうに差支えない。とにかく、ぼくは中西夫人の依頼で伶子さんの行方を探していた。そして昨日、中軽井沢の別荘で彼女の死体を見つけたのもぼくです。それまでの間には、いろんな所へ無駄足を運んでいるが、その無駄足のお蔭で、あなたと伶子さんの関係も少しは知ったし、昨日はあなたが中西夫人を送り届けたところを偶然見てしまった。ぼくのような仕事は、つい余計なことまで知ってしまう。そして刑事でもないのに、つい余計なことをする羽目になる。いわば乗りかかった舟です。あるいは傷を負った患者のようなもので、傷口がふさがらぬうちはどこへもゆけない」

「すると――」八木沼は言った。「傷口をふさぐために来られたわけですか」

意外に冷静だった。膝を組み、ソファに背中をもたれ、唇には皮肉そうな微笑さえ浮べた。

「そうです」

わたしは答え、依然ソファには腰を下ろさなかった。

「どうぞ――どんなことでもきいてください。どうせ刑事がきたら、同じことを答えなければならないでしょうからね。といって、別段やましいことはありません」

「伶子さんは車を置去りにして中軽井沢の別荘へ行った。両親にも妹さんにも行先を告げなかった。列車の都合だと思いますが、最初の晩は新宿のジャズ喫茶で朝を迎え、それから中軽井沢へ発ったようです。しかし、あなたには別荘へ行く理由を教えたのではありませんか」

「なぜですか」

「あなたは彼女の先生でしょう。彼女の歌が成功しかけているのは、あなたの力が大きいと聞いている。もし彼女が生きていれば、立派なデヴュー作になった歌でしょう。あなたは歌とピアノを教えただけではなく、マネージャーを兼ね、しかも愛人まで兼ねていた」

「そんな嘘っぱちを誰に吹込まれたんですか」

「ぼくが自分で考えた」

「低劣な人間は低劣なことしか考えない」

「その代わり、低劣な人間は低劣な奴のやりそうなことがすぐ分る」

「下手な言いがかりはやめてもらいたいな。ぼくは彼女を教え、マネージャーとしてレコード会社へ売込んだ。しかし愛人だったなんて、言いがかりも甚《はなは》だしい。相手に亭主がいるので困ってはいるが、昨夜あんたが見たと言うなら否定しても仕様がない。ぼくは真面目に中西夫人を愛している。伶子さんは、その中西夫人の娘じゃないか。冗談はいい加減にして欲しい」

「そうかな。それでは何に怯《おび》えているのか聞かせてもらおう。きみはいかにも冷静に見えるが、ぼくをごまかすには稽古《けいこ》が足りない」

「――――」彼は考えるように視線をそらし、しばらく腕時計を眺めてから顔をあげた。「分ったよ、あの男とグルなんだな、それで新手《あらて》を考えてきたわけか」

「あの男とは?」

「あいつに決ってるだろう」

「あいつなんて男は知らない」

「知らなければ知らないでいい。どっちにしても同じことだ。お気の毒だが、ぼくは安っぽい脅《おど》しなんぞにのらない。三保子さんとの仲が公表されて困るのは、ぼくよりむしろ三保子さんだろう。ご主人に知られたってぼくは平気だし、伶子さんとの関係はこの際はっきり否定する」

「それでは改めてきこう。きみは中軽井沢の別荘へ行ったことはないのか」

「ない」

「一度も？」

「一度もない」

「しかし鶴野屋のおかみがきみを憶えていたら、それでも別荘へ行かないと頑張《がんば》るのは危いと思わないか」

わたしは獲物の所在を確めて網を投げた。

伶子が殺される以前に、八木沼が別荘へ行ったことがないというのは大方その通りだろう。三保子か理江に聞けば分ることだし、一昨々日《さきおととい》、鶴野屋のおかみに別荘の道順をたずねたという車できた色白の男は、そのときが初めての訪問だったのだ。わたしとの初対面で「……どうせ刑事が来たら……」と口を滑らせたのは、いずれ別荘を訪ねたことがバレると思っていたせいに違いない。

「鶴野屋のおかみ……?」

彼はドキッとしたようだった。

「別荘の坂下にある雑貨屋の太ったおかみさんだ。きみはそのおかみに道順をきいている。違うというなら、一昨々日のアリバイをだしてもらう。きみは東京にいなかったはずだ。さっき、きみ自身が言ったように、どうせ刑事が来たら同じ返事をしなければならない」

「………」

彼はまた顔をそむけ、腕時計を見つめた。ふてぶてしさが消えて、いっしんに考えを集中しているようだった。

「答えられないのか」

わたしは網を絞った。

「待ってくれ。誤解されると困る」

「それはそっちの返事次第だ。きみは事実を喋る以外にない」

「信じてくれますか」

「それも話を聞いてからだ。ぼくが信じても、警察が信じるかどうか分らない。あとで訂正しないように喋ったほうがいい。一度訂正するような話をすると、警察は前に聞いた話も後で訂正された話も信じなくなる」

「あの日――」

彼は呟くように言った。

「あの日とは？」

「九月三日、ぼくが、別荘へ行った前日です。確か一時頃だったと思う。伶子さんから、電話があって、別荘に遊びに来ないかと誘われた。でも、その日はほかに用があって、翌日車で行ったんです」

「そのとき鶴野屋で道順をきいたのか」

「そうです。鶴野屋で聞けば分ると言われた。もしぼくが殺すつもりで行ったなら、途中で道順などきかなかった」

「きみの理窟《りくつ》はあと回しだ、先を続けてくれ」

「ぼくは別荘の庭に車をとめた。そしてノックをしたが返事がないので玄関に入った」

「錠《じょう》がかかっていなかったのか」

「ええ」

「玄関に履物は？」

「茶色いスエードの靴がありました。伶子さんの靴です。ぼくは憶えがあった。それから応接間を通って廊下にでると、明りがついていました。それでぼくはまた声をかけた。やはり返事がなかった」

「おかしいと思ったか」

「いえ、どこかに隠れていて、ぼくを驚かすつもりではないかと思いました。ところが、彼女は死んでいたんです。一階の奥の洋室を覗いたら、ベッド・カバーの上に仰向けに倒れていた」

「死んでいることがすぐ分ったのか」

「すぐでもないけど、声をかけても答えないし、顔色で分りました。ぼくは指一本ふれていません」

「情《じょう》のない男だな。介抱してやろうとしなかったのか」

「とっくに死んでいると思ったんです。しかも、スラックスを脱がされていた」

「脱がされたことがどうして分る」

「どうしてとは？」

「自分で脱いだのかも知れないだろう」

「違います。ぼくは彼女を見た途端に、自殺ではなく殺されたのだと思った。もし自殺するなら、あんなぶざまな死に方をする彼女ではない」

「それでは誰に殺されたのだろう」

「知りません。暴漢に襲われて、抵抗したせいかもしれない」

「しかし——」

わたしは死体現場の模様を思い起こした。

かりに通りすがりの暴漢に襲われたとしたら、彼女はベッドに寝そべっているところへ忍び込まれたのだろうか。

そうでなければ、彼女は来客を玄関で迎えたはずで、それからベッドのある部屋へ招き入れたことになる。その場合はかなり親しい来客とみていいだろう。

しかしそれなら、なぜ殺されるほど抵抗したのか。ほかに人のいない別荘のベッド・ルームに男を迎えながら、すでに二十二歳の彼女が、男の欲望を予期しなかったとは考えられない。スラックスを脱がされただけで犯されなかったのは、彼女が死んでしまったので男が慌てて逃げたとも考えられるが、いずれにせよ、まだ納得できぬことばかりだ。

「きみは電話で呼ばれたそうだが、その電話の内容を詳しく話してくれないか」

「さっき話した通りです。退屈してるから遊びに来ないかという、それだけだった」

「しかし退屈なら、東京へ戻ればよさそうなものじゃないか。なぜ軽井沢の別荘へ行ったのか、理由を聞かなかったのか」

「聞きません。そんなことは考えなかった」

「ということは、つまり、きみと逢引《あいび》きするために別荘へ行ったと思ったんじゃないのか」

「とんでもない。二人きりで会いたければ、都内のホテルでも旅館でも間に合う」

「きみに電話をしたとき、彼女は一人だったろうか」

「もちろんそうでしょう。そう言っていました。だから、翌る日ゆく約束をしたのです」

「しかしきみ以外にも、彼女が電話で誘った男がいるとは思わないか」

「……いえ」

彼はやや考える間を置き、頼りなさそうに首を振った。

「それでは別荘に誘った相手でなくていい。彼女には当然恋人か、それに近い男がいたと思う。そういう男を知らないか」

「…………」

彼はまた考え、また首を振った。首を振るまで躊躇《ためら》ったが、考えるふりをしただけかも知れない。

「相原正也とのことは知ってるな」

「伶子さん自身から聞きました。でも大分前の話で、相原とははっきり別れたはずです」

「なぜ別れたのだろう」

「詳しいことは知りません。ぼくには、うるさくて厭になったと言っていた」

「何がうるさいんだ」

「もちろんいろんなことでしょう。彼女は結婚する意志がないのに、相原は結婚したがっていたらしい。彼みたいに生真面目《きまじめ》なタイプは、彼女にはむかないんですよ。彼女は一人前の歌手になろうとしていたし、遊びたい盛りだった。どっちにしても、まだ結婚を考える時期ではなかった。伶子さんに振られたお蔭で、最近の相原はかなり遊ぶようになったと聞いています」

「別の女ができたのか」

「多分そんなところでしょう。よくは知りません」

「しかし相原と伶子は別れたというが、相変らず同じ店で働いてたようじゃないか」

「それは仕事ですからね。相原はどうか知らないが、彼女は割切って平気らしかった。アルカザールはいい店だし、クインテット・カオスは悪いバンドじゃない、彼女はそう言っていた」

「シャドウというスナック・バーを知らないか」

「シャドウ……?」

「赤坂にある」

「アルカザールの連中がよく行く店ですか」

「そうらしい」

「ぼくは一度しか行ったことがない。感じの悪い店だった。あの店がどうかしたんですか」

「どうもしないさ」

「どうもしない？」

「バーテンが中西伶子に惚れていただけだ」

わたしは八木沼の反応を窺った。

彼は訝《いぶか》しそうに眉を寄せた。何か納得できぬ様子だった。足を組み直し、痰《たん》がからんだような咳《せき》払いをした。

わたしは話を変えることにした。

「きみが電話を受けたのは三日だというが、彼女は一日の晩から家に帰らない。そのことを中西夫人から聞かなかったのか」

「あとで聞いたが、そのときは聞いていなかった」

「聞いていたとしても、夫人には内緒で別荘へ行ったろうな」

「――」

彼はふてくされたように横を向いた。

少し薹《とう》が立っているが、一応男らしい二枚目づらで、年上の女にも年下の女にもモテそうな女たらしの典型的タイプだ。口がうまくて優しくて、薄っぺらなエゴイズムを巧みに隠している。そしていざとなれば、徹底的に冷酷になれる男だ。

「話を戻そう」わたしは言った。「きみが死体を見つけたとき、彼女の首に紐《ひも》かストッキングのような物は巻きついてなかったかね」

「いや……」

彼は気がつかなかったと言った。

「死体を見つけ、それが他殺と分ったあと、きみは警察へ届けなかったのか」

「届けようとは思ったが、ぼくは仕事が忙しい。かかり合いになりたくなかった」

「大分ボロが出てきたようだな。きみは、殺すつもりで行ったなら途中で道順などきかなかったと言う。確かにその通りだろう。しかし、警察はそう単純に物事を考えない。初めは殺す気がなくても、彼女に会ってから急に殺す気になったかも知れないし、抵抗されたのでつい首を絞めてしまったということも考えられる」

「あんたはぼくを疑うんですか」

「ぼくが疑わなくても、ほかに疑った奴がいるはずだ」

「何のことですか」

「きみはびくついている。なぜそんなにびくついてるんだ。警察が怖いのか、それとも、伶子との関係をおふくろの中西夫人に知られるのが怖いのか」

「冗談じゃない。ぼくはびくついてなんかいない。警察へ届けなかった手落ちは認めるが、事件については絶対潔白なんだ。伶子さんとの仲も最初に言った通りだ、否定する。呼ばれたから行ったにすぎない。すぐに連れて帰るつもりだった。せっかくレコードが売れだしているのに、遊んでいる場合ではないと忠告するつもりもあった」

「しかし、なぜきみを選んで別荘へ呼んだのかな。退屈だからというだけでは理由にならない」

「そこまではぼくも知らない。あるいは、ぼくをからかおうとしたのかも知れない。気紛れで遊び好きで、あの娘はぼくなどの手に負えなかった。三保子さんも大分手をやいていたはずだ」

「彼女は、きみとおふくろの関係を気づいていたろうか」

「いや、全然気づいていなかったと思う」

「すると知っていたのはあいつだけか」

「あいつ？」

「きみが、おれとグルだと言った野郎さ」

「…………」

彼はまた黙ってしまった。よく黙る奴だが、いくら考えたってろくな智恵《ちえ》は浮かばない。その代わり返事に窮したときは、黙ればいいと思っているらしい。

「その男のことはよくよく話しにくいようだな」

「私立探偵なんて、どいつもこいつもゴロツキだ。野良犬みたいに他人の秘密を嗅《か》ぎまわって恐喝《ゆすり》のネタにしようとしている。あんただってそうだろう。いったい、いくら欲しいんだ」

「見損ってはいけない。おれが恐喝屋なら、もっと金のありそうな所へ眼をつける。そいつは私立探偵なのか」

「そう言っていた」

「名前は？」

「言わなかった。背の低いずんぐりした奴だった」

「ふうん――」わたしには思い当る男がいた。アルカザールをたずね、ゼロにも現れた瀬尾という男が似ていた。「年はいくつくらいだ」

「四十五、六か、もっと上かも知れない。トロンとしたような、薄気味の悪い眼をした奴だ」

「要求額を聞いたか」

「百万円ふっかけてきた。ぼくにそんな大金があるはずはない」

「しかし中西伶子のレコードがヒットし、人気歌手になってテレビやステージでひっぱりだこになれば、きみにも相当の金が入るだろう」

「そいつも同じこと言っていた。毎月十万円の月賦払いでいいと言いやがった」

「中西夫人は脅されていないのか」

「まだらしい。彼女は何も言わない」

「きみは、その話を夫人にしてないのか」

「知らずにいるなら、余計な心配をかけたくなかった」

「ところで、恐喝のネタは何だ」

「中西三保子との仲を亭主にバラすと言ってきた。しかしぼくは平気だった。誰にバラされたって怖くない。ぼくは独身だからな。女房を寝とられるなんてのは亭主が間抜けなんだ。ぼくはそう言って追返してやった」

「そいつはおとなしく引揚げたのか」

「引揚げるほかないだろう、もちろん凄《すご》んでみせたけどな」

「それはいつのことだ」

「一昨日だった」

「きみが別荘へ行った翌日だな」

「誰に頼まれたか知らないが伶子さんの居所《いどころ》を教えろと言っていたから、伶子さんを探しているうちに、ぼくと三保子さんの仲を知ったらしい。ぼくが探偵をつけられる理由はないし、多分、そいつは三保子さんを尾行していたのだと思う」

「すると一昨日きみに会ったとき、そいつは中西伶子の死を知らなかったのか」

「知らないようだった」

「その後そいつから連絡は？」

「ない。諦めたらしく、それっきりです」

八木沼はまともにわたしを見て言った。

このマンションの電話交換手の話を信ずるなら、それっきり連絡がないというのは嘘だった。二時間ほど前に電話があったはずなのだ。

しかしそのことについては、わたしは差当って追及を保留した。嘘をつくには、その嘘に見合うだけの秘密が隠されている。彼は何度も腕時計を眺め、時間が気になるようだった。

「昨日は軽井沢へ行きませんか」

わたしは質問を急いだ。

「行かない。昨日軽井沢へ行ったのはあんたでしょう」

「とにかく答えてくれ。昨日はどこにいたんだ」

「午前中は寝てましたよ。午後からオリオン・レコードへ行って毛利というディレクターに会い、ほかにも二、三人会う用があった。夜はご想像に任せます」

「中西三保子に会っていたのか」

「――――」

「一昨日は？」

「やはり仕事で歩きまわっていた……」

彼は数人の名前と、場所を挙げた。

その前日の九月四日は、彼が別荘で伶子の死体を見つけたという日である。

わたしは九月三日のアリバイもきいた。彼が伶子から誘いの電話をうけた日だ。

「もちろん、一時過ぎまではここにいましたよ。三時に毛利と会う約束があって、オリオン・レコードへ行ったことも憶えている。夜はどこかで飲んだと思うけど、四日も前のこまかいことまで憶えていない」

「それでは最後の質問だが、今日の予定を聞いておきたい。また会いたくなるかも知れないからな」

「予定なんてありませんね。中西伶子は死んでしまった。金の卵を生むはずだったのが、雛《ひな》のうちに死んでしまったんだ。レコード会社はさっそく対策を考えて、さっきも毛利が電話をかけてきたが、波多野由香を中西伶子の代わりに歌わせようとしている」

「波多野由香？　……」

「知らないんですか。歌手ですよ。毛利の愛人だという噂がある」

「毛利の妻子は？」

「もちろんいますよ。子供が三人もいる。あいつは女癖がよくない。伶子からじかに聞いた話だが、あいつは伶子にまで手をだそうとして撥《は》ねつけられている……」

彼は急に激したように、立上り、毛利を攻撃し始めた。

鬱憤《うつぷん》を外へ吐きだすためか、わたしの話をそらすためなのか、顔色を見ただけでは分らなかった。

23

八木沼の部屋をでると、エレベーターの脇に階段があった。

わたしは一階のロビーに下りて、また赤電話のダイヤルをまわし、富士マンションの交換手の声を聞いた。

管理人室のドアは閉まっていた。

「先ほど屋上でお会いした私立探偵の真木です。さっきは有難う。非常に助かった。聞き忘れたことを思い出したんですが、四日前の九月三日に、軽井沢から八木沼に電話がありませんでしたか。多分午後の一時頃で、あんたが憶えていた嗄《かす》れ声の女性からだったと思う」

「さあ？　……」

彼女は考えてくれた。

「三日というと、土曜だったかしら」

「そうです」

「…………」

彼女はいっしんに考えてくれたようだった。

しかし東京・軽井沢間の電話はダイヤル直通だから、交換手が傍受していたとしても、相手が現在地を告げぬ限りは分らないし、電話局で調べても通話度数が累計されているだけで受信人をつかむことはできない。

四日も前では無理もないが、彼女はついに思い出せなかった。それに交換台は彼女がかかりきりなわけではなく、彼女が食事などのため席を外している間は、他の用務員が替るのである。彼女の知る限りでは、最近八木沼が軽井沢へ電話をかけるために交換台を通した憶えはないという。

「それではもう一つ、今日、オリオン・レコードから彼に電話がありましたか」

「……電話は三、四本取次ぎましたけれど――」

取次いだだけで傍受しなかったから相手は分らないと言う。

わたしは礼を言って、受話器を下ろした。

それからふたたび二階へ上り、コンクリート剝《む》きだしの長い廊下を渡った。

突当りにドアがあり、その向うが非常階段だった。

わたしはドアをあけ、非常階段を利用して体を隠した。

非常階段はとなりのビルに接し、二つのビルにはさまれた通路は殆ど往来する者がいなかった。

オリオン・レコードの毛利には波多野由香という愛人がいる、そしてその愛人に死んだ伶子の歌を歌わせようとしている――と八木沼は言った。

その話を聞いたとき、わたしの頭に浮かんだのは、それが伶子殺害の動機になるのではないかということだった。もし伶子が死ねば、売れだしたレコードのピンチ・ヒッターとして波多野由香が起用される可能性につながる問題である。由香はチャンスを与えられ、一躍スターダムにのしあがるかも知れない。その可能性が犯行動機になりうるなら、毛利にも由香にも疑いをかけることができるだろう。

しかし、わたしはあまりに疑い深く馴らされている。だからつい考えが先走る。かりに可能性があったとしても、そしてスターになりたいという由香の欲望がいかに強かったとしても、毛利は一ディレクターにすぎないし由香は無名の歌手に過ぎない。一流レコード会社の大きな機構の中で、彼らがその可能性をどこまで検討できたろうか。いずれにせよそれが可能性にとどまる限り、殺人の動機としてはどう考えても弱い。人は発作的に愚かな行為を犯すが、計画的に行うときはつねに結果に見合うだけのバランスが計算されている。たとえば由香の場合なら、八木沼の洩らした事実以外に、伶子に対する烈しい憎しみがなければならないだろう。

それより、わたしは八木沼の心理が不可解だった。彼はわたしの前で虚勢を張った。しかしそれはいい、虚勢を張ることは怯えていることを告白したようなものだ。

だが、彼は伶子との関係を否定しながら、大きな失策を犯したことに気づいていない。初めのうちは「伶子さん」と呼んでいたのに、毛利を批難しだしてから「伶子」と呼び捨てにした。その口調から推しても、彼と伶子との仲は単に教師と教え子ではあるまい。そして一方では母親の三保子と関係し、伶子の死体を見つけたあとでもそのことには口を噤み、三保子との関係を平然と続けているのだ。平然ではないかも知れないが、少くとも、昨夜わたしが薔薇《ばら》の茂みに、三保子を抱寄せる影を見た彼は平然と見えた。

ことによると——、わたしは厭な考えにとりつかれた、……三保子は八木沼と伶子の仲を気づいていたのではないか、そして、伶子が死んだこともとうに知っていたのではないだろうか……。

わたしは煙草ものまずに、たっぷり一時間は待った。

エレベーターで上ったのか階段を上ってきたのか、その辺は離れていて分らなかったが、一人の男が現れ、八木沼の部屋の前に立った。

背の低い、ずんぐりした男だった。黒っぽい背広を着ているが、容貌《ようぼう》まではまだ分らなかった。

間もなくドアがあき、男は室内へ消えた。

わたしは駐車場に戻った。

わたしがきたときより、車の数は一台減っていた。

わたしは自分のおんぼろ車をだして、マンションのやや後方にとめた。

また一時間近く待った。

男はズボンのポケットに両手を突っこみ、俯《うつむ》きがちにマンションをでてきた。

秋晴れの天気なのに、その男はどことなく寒そうだった。歩道に立って左右を見たが、タクシーを拾うつもりでもなかったらしく、煙草に火をつけ、新宿通りのほうへ歩きだした。

彼は車の中のわたしに気づかなかった。

しかし、わたしは彼に憶えがあった。もう三年くらい前になるだろう、パクリ屋のからんだ手形詐欺事件があって、そのとき、相手側の弁護士に使われていた私立探偵が確か彼だった。名前は思い出せない。瀬尾ではなかったと思うが、彼らはいくつもの名前を使い分けることが多い。当然刑事事件になるべき事件を、彼が被害者側の女性関係を洗って脅迫し、悪徳弁護士とパクリ屋がグルになって示談にした後味の悪い事件だった。わたしは、それでたった一度しか会ったことのない彼を忘れなかったのだ。

しかし、今日の様子ではあの頃の元気がなさそうだ。

彼は新宿通りを左折して、四谷見附へむかった。

地下鉄にもぐりこまれたら、駐車違反のカードを貼られる覚悟で車を乗捨てねばならないと思ったが、その心配はなかった。

彼は四谷見附の手前を横断して、パチンコ屋に入った。

尾行に気づいた気配はなかった。

わたしは駐車場を探して車を置き、彼を追ってパチンコ屋に入った。

店内は繁昌《はんじょう》していたが、空台がないというほどではなかった。

彼の姿はすぐに見つかった。

パチンコは孤独な大人の遊戯だった。わたしはその孤独を好きになれない。

彼は馴れた指で、いっしんに玉を弾き、玉の行方を追っていた。

わたしは彼のパチンコ台の受皿《うけざら》がカラになるまで待った。

「ツイてねえや」

彼は呟いて台を離れ、背中を向け合っている客の間を玉売場へむかった。

「ツイてないようだな」

わたしは、玉売場の前でポケットの小銭をだそうとしている彼に声をかけた。

彼は腫《は》れぼったい眼を細め、胡散《うさん》くさいものを見る眼つきでわたしを眺めた。

「おれだよ、忘れたのかい」

わたしは古い友だちのように、しかも親しかった友だちのように言った。

「誰だったかな」

彼は思い出せないようだった。

わたしは三年前の事件のことを話してやった。そのときのパクリ屋は別の事件を起こして服役中だし、悪徳弁護士のほうは代議士になっている。変らないのは、どうやらこの私立探偵だけらしい。

しかし変らないといっても、三年間会わない間に大分髪が薄くなったようだ。

「そうか」

彼はようやく思い出したように、だが、つまらぬ奴に会ったという顔つきで頷いた。

ニンニクの口臭に気づいたのはそのときだった。中軽井沢の別荘で後頭部を殴られ、意識を失う寸前の記憶がふいによみがえってきた。伶子が殺された部屋で、わたしは人の気配に身構えようとしたことまでは憶えている。しかしその時は遅く、意識を回復したのはそれから一時間余りも経ってからだった。

わたしは自分を襲った犯人を見ていない。男だったか女だったかも分らない。しかし殴られる瞬間、わたしはある匂いを嗅いだのだ。それがどんな匂いだったか忘れていたというより、今までは匂いを嗅いだこと自体が意識の底に沈んでいて、声をかけた男の口臭を嗅いだ途端に、堰《せき》止められていた川の水が溢《あふ》れるようにどっと押寄せてきたのだ。伶子がニンニクを食べないことは三保子に聞いている。

わたしはよみがえってきた記憶に押された。急いで頭の中を整理しなければならなかった。彼は、わたしを見てすぐ別荘で殴った相手だということが分ったはずだし、それをとぼけて、三年前の事件を思い出したふりをしたようだ。

三年前の事件を思い出させたわたしは、図らずして彼を油断させたことになるかも知れない。

「外へ出よう、話がある」

「何だい、話って」

「ここでは話せない」

「おれはおまえさんに用なんかないぜ」

「ぼくのほうで用があるんだ。どうせ忙しいわけじゃないだろう」

わたしは先に立ってパチンコ屋をでた。そして四谷見附のほうへ歩いた。

「今でもゼネラルにいるのか」

わたしは同業者の言葉できいた。

三年前の彼はゼネラル秘密探偵社の社員だった。日本橋に社屋のある著名な社だが、社員の数が多いばかりで業界の風評はよくない。事件当事者の弱味につけこんだ恐喝《きようかつ》で検挙された者も数名を越えている。

「辞めたよ、あんなところは。今は宿なしさ」

彼は自嘲的《じちょうてき》に言った。だからパチンコをしていた、と言いたそうな口ぶりだ。

「それにしては大分働いているようじゃないか」

「おれが働いてるって？」

彼の表情が初めて動いた。鈍そうな細い眼が、仮面の奥で瞬いたように光った。

「済まないが、ぼくはあんたの名前を忘れた。どうしても思い出せない。教えてくれないか」

「おれの名前を聞いてどうするんだ」

「昨日は世話になったからな。名前を知らないままで、礼も言わなくては失礼だろう」

「何のことだ」

「忘れるには早すぎる。あんたはおれの名前をちゃんと憶えているはずだ。軽井沢署の交通係の名を騙《かた》って電話をかけ、レンタカーの営業所からおれの名前や住所まで調べている」

「妙な言いがかりだな。何のことか全然わからねえ」

「それじゃ一緒に富士マンションへ戻ってもらおうか。八木沼に会えば少しははっきりする。あんたはアルカザールへ行ったし、新宿のゼロというジャズ喫茶へも中西伶子を探しに行った。随分あちこちで顔を見られているんだ。こうなったら下手にとぼけないほうがいい。こそこそした野郎相手の恐喝《かつあげ》と違って、朝刊を見ただろうが殺人事件だからな。あんたはどう足掻《あが》いたってとぼけきるわけにゆかない」

「――――」

彼は眩《まぶ》しそうにわたしを見上げた。わたしの意中を探りながら、いっしんに考えをまとめようとしている眼だった。

「何とか言ったらどうだ」

わたしは視線をそらさなかった。

「とばっちりを食いたくねえからな」

彼はぼそっと呟いた。

「とばっちりならおれの方が先に食わされている。触ると、頭のうしろがまだ痛い」

「すまなかったよ。あれもとばっちりを食いたくなかったからだ。正直に言うが、あの別荘へ行くときは死体にぶつかるなんて思いもしなかった。そこへおまえさんが入ってきたんだ。悪く思わないでくれ」

「打ちどころが悪ければ死んだかも知れないし、頭がおかしくなったかも知れない」

「だから謝っている。気をつけて殴ったつもりだ」

「太い薪《まき》が落ちていたが、あれで殴ったのか」

「――――」

彼は答えなかったが、否定もしなかった。俯いて、さすがに間が悪いようだ。

わたしが別荘の庭に車をとめてぼやぼやしているうちに、彼は車の音に気づき、窓から様子を見ていて、暖炉の傍にあった薪を拾い、ベッド・ルームの蔭で待ちうけていたのだろう。

何で殴られようとわたしには同じだった。

狆《ちん》を抱いた女が、横目でわたしたちを眺めながら擦れ違った。その女は狆に似ていた。

四谷見附の信号は赤だった。

わたしたちはプラタナスの並木道を右に折れた。

24

プラタナスの葉が風にそよいでいた。

わたしはプラタナスの緑が好きだった。特に風に吹かれている緑が好きだった。

「警察はおれのことを知っているのか」

彼が言った。

「まだ知らないと思う」

「おまえさんは何も喋らなかったのか」

「おまえさんという呼び方はやめてくれ。それは刑事が犯人に対して使う言葉だ」

「それじゃどう呼べばいいんだ」

「おれはあんたと言っている」

「おれにもそう言えというのか」

「名前だって知っているはずだ」

「真木と言ったかな」

「瀬尾というのは、あんたの本名か」

「もちろんさ」

四谷一中の校舎を過ぎて、校庭に入った。

授業中らしく、三階建の校舎は静かで、校庭には殆《ほとん》ど人がいなかった。

彼は警察に知られることをしきりに気にした。前科があるのか執行猶予中か、別の犯罪《ヤマ》を踏んでいるのかも知れなかった。

彼の態度は横柄だが、それは身についてしまったもので、彼としてはかなり下手《したで》にでているつもりだろう。
五、六歳の子供が一人でブランコに乗っていたが、幼稚園のように滑り台もある校庭だった。
「おれが軽井沢の警察官に喋ったことは――」わたしは言った。「誰かに殴られて気絶したことだけだ。相手があんたとは知らなかったからな」

「今後も黙っていてくれると助かる」

「それはあんたの話を聞いてから考える。きれいに話すなら、おれを殴ったことなどは忘れてやろう。ただし、あんたが殺したのではないという前提がつく」

「そんなことは易しい。おれが犯人じゃないことは、おまえさんが――いや、あんたがまず知っている。おれは昨日の朝上野駅を発ったが、あの別荘にいったときは、死体はとっくに冷くなっていた。少くとも、一日か二日くらい経った仏さんだった。おれにはその間のアリバイがある」

「八木沼を脅していたアリバイか」

「脅したわけじゃない」

「その話は後まわしにしよう。軽井沢へ行った目的は何だ」

「伶子という娘がいるかも知れないと思った」

「なぜ」

「あんたも知ってるように、東京では見つからなかった」

「彼女を探そうとした理由は？」

「ある人に頼まれた」

「そいつの名は？」

「言えない。それは勘弁してもらう。お互いに同業だから分っているはずだ。依頼人の名を明かすわけにはいかない」

「なんだ、宿なしじゃなかったのか」

「ほんとの宿なしだったら乾《ひ》上ってしまう」

「とにかく依頼人の名を聞こう。おれはあんたに殴られて失神した。危く死ぬところだったとも言える。そいつの名前を知るくらいの権利はあるだろう。あんたの真似をして脅すつもりはない」

「脅したって金を出せるような奴じゃないんだ」

「金をとれぬと分っていて仕事を引受けたのか」

「――――」

彼は口を噤んだ。

近くにベンチがあった。

並んで腰を下ろし、わたしが煙草をくわえると、彼も煙草をだして火をつけてくれた。

彼の煙草はピースだった。

ベンチのうしろは、車の往来が繁《はげ》しかった。

「依頼人の名を言えないなら、これ以上話し合っても無駄だ。あとは警察に任せる」

「………」彼はまだ躊躇っていた。あるいは喋る前に、少しは良心的に見せたかったのだろう。「おれが喋ったなんてことは内緒にしてくれるかな」

「約束はできない」

「断っておくが、そいつは人を殺すような男じゃないし、気の小さい奴で、調べたって多分なにもでてこない」

「そんなふうに弁護されると、こっちはますます疑いたくなる。早く言ってくれ」

「望月というバーテンだよ。赤坂のシャドウというバーにいる。まだ洟《はな》たれ小僧だが、惚れた女にデイトをすっぽかされ、どうしてもつかまらないから探してくれという依頼だった」

「その女が中西伶子か」

「そうだ。おれは写真を見せられただけで、当人に会ったことはなかった。望月とは、あいつが渋谷のバーにいるとき、おれが客で通っていて知り合った。シャドウへ移ってからは滅多に会わなかったが、久しぶりに顔をだしたらそんな惚《のろ》け半分の話を聞かされ、こっちも暇だったから探してやる気になった」

「しかし無料《ただ》で引受けたわけじゃないだろう」

「女が死んじまったらただみたいなものさ。女を見つけて会わせてやれば、五万円という約束だった。しかし死体を見つけたんじゃ仕様がない。まだ彼に会っていないが、せいぜい軽井沢までの交通費と駅弁代くらいしか払わないだろう」

「居所がつかめないだけで、失踪したとも何とも分らないのに、見つけてくれれば五万とは悪くないな」

「だから、おれも悪くないと思って引受けた。そのときからおれはツイていなかったんだ」

「軽井沢に別荘があることは望月に聞いたのか」

「そうよ。望月は行ったことがなくて道順を知らなかったが、中軽井沢の駅前の案内所できいたら教えてくれた」

「別荘へ行けと言ったのも彼か」

「いや、彼は別荘へ行っても無駄足だろうと言っていた。しかし何でも確かめるのがおれのやり方だ。お蔭で、無駄足どころかとんだとばっちりだった」

「望月の話を聞いたのはいつだ」

「……土曜の夜だった。時間が遅かったから、その晩は何もしないで帰って寝た」

土曜日というと九月三日だった。一日から帰宅しない伶子が、八木沼に誘いの電話をかけてきたという日も三日だった。

「翌日はどうした」

わたしは先を促した。

「あんたが知ってる通りさ。アルカザールへ行ったり新宿のゼロを覗いたり、あの娘が遊んでいそうな所を歩きまわった」

「無駄だったか」

「無駄だった。それで娘の家を張ることにした。おふくろと妹の姿は見かけたが、伶子はいないらしかった。そのうち、夜の九時頃になって、おふくろがめかしこんで外出した。タクシーを拾ったので見失うところだったが、うまい具合に空車がつづいてきて尾《つ》けることができた。行先は富士マンション、八木沼の部屋だった。ばかばかしくて途中で引揚げたが、おれが帰る十二時頃までは、彼女は八木沼の部屋から出てこなかった。亭主が入院しているのに、見舞いに行ったときはさも心配そうな顔をしてみせるのだろうが、女なんてやつはみんな信用できない」

「あんたは女房がいないのか」

「いるさ。無精猫みたいに棲《す》みついて、出ろと言ったって出て行かない。女房のつらを見たくないときはおれが出て行く。だからおれは宿なしなんだ」

「話を戻してくれ。その次ぎの日、あんたは八木沼を脅しているが、その話はあと回しにして、軽井沢へ行ったときのことを詳しく聞きたい。上野発は何時の列車だ」

「……憶えてないな。そんなことは乗るときまで憶えていて、乗ったら忘れてしまう。軽井沢で駅弁を買って、中軽井沢に着いたのがだいたい正午《ひる》頃だった」

「急行か」

「ああ」

するとわたしが乗った列車より一時間早い八時四十五分発に乗ったのだろう。その急行なら、中軽井沢に停車する。

「中軽井沢で下りて、それから?」

「バスさ。金になるかどうか分らねえのに、いちいちタクシーなんか使えない……」

彼はバスにのり、西部小学校前で下りた。

中西家の別荘まで、歩いて十分たらずだった。

別荘は雨戸がしまっていた。

入口のドアをノックしたが、応えがなかった。

ノブをまわしてみると、錠がかかっていなかった。

玄関に茶色い女靴が一足あった。

彼は無断で部屋に上った。

廊下に電燈の明りが溢れていた。

わたしが訪ねたときの状況とすべて同じだった。

伶子は死んでいたのだ、ベッドの上に、仰向けに横たわり、スラックスを脱がされて――。

「殺されていることがすぐに分ったか」

わたしはきいた。

「分った。おれだってまんざら素人じゃない。首を絞められた仏さんはいくつか見ている。抵抗したらしい爪痕《つめあと》もあった。しかし断っておくが、ほんとに死んでるかどうか触ってみただけで、それ以外は何もしていない」

「おれを殴ったじゃないか」

「あれは已《や》むを得なかった。帰ろうとしていたところへ、あんたが来たのがいけない。あんたの場合は、殴ったのは済まないが、ちゃんと生きていることを確かめてから逃げた。もちろん殺す気なんてなかったし、もしおれが伶子を殺した犯人なら、あとくされのないようにあんたも殺したはずだ。これでも良心的にやったつもりなんだ。相手がおれだったからいいが、そうじゃなければ殺されたかも知れない」

「恩に着ようか」

「恩に着てくれなくていいが、警察には喋らないでくれ」

「帰りはどうした」

「やはりバスさ……」

彼は軽井沢まで戻り、わたしが別荘の庭に乗入れた車の「わ」ナンバーでレンタカーと分っていたので、列車を待つ間に警察の交通係を装い、レンタカーの事務所へ問合わせたのである。わたしの住所や名前などは、ポケットをさぐれば車の免許証で分ったはずだが、せっかく気絶させたのに体を動かして目覚めさせてはならぬと思い、いっさい手を触れなかったという。

「それで――」わたしは言った。「昨日は東京に帰ってから何をしていた」

「何もしない。事件のことをぼんやり考えていた」

「犯人の見当はつかないか」

「分らねえな。八木沼を疑ってみたが、あいつにはアリバイがあるらしい」

「一昨日、あんたは新宿の喫茶店で八木沼に会った。そして今日は彼の部屋を訪ねている。脅しはうまくいったのか」

「妙なことを言わないでくれ。おれは脅しなんかしていない」

「八木沼と中西三保子の関係がネタだということも分っている。ゼネラルを辞めたのは結構だが、いつ頃から月賦屋になったんだ」

「月賦屋？」

「十万円ずつ十ヵ月払いの月賦屋さ。話は八木沼に聞いた」

「なんだ、あのことか。あれは冗談だ。八木沼の反応を試すつもりで言ってみただけだ」

「そうかな」

「当り前じゃないか。おれは恐喝《かつあげ》をやるほど落ちぶれちゃいない」

「おれには大分落ちぶれて見えるぜ。だから、たかが五万円の稼ぎで軽井沢までとんでいる。探偵がそう暇なようでは仕様がない。あんたはおれの頭を殴って傷を負わせた。これは殺人未遂か傷害罪に相当する。八木沼に対しては恐喝未遂、無断で別荘に入ったのは住居侵入、伶子の死体を見つけたのに届けなかったことも法律に触れる。いいか、あんたは少くも四つの犯罪を犯しているんだ。おれの前で意気がるのはよせ。八木沼が警察へ告訴しないのは三保子との仲を隠しておきたいからだろうが、おれは平気だ、四ついっぺんに告発できる」

「おれを脅すのか」

彼の体が動いた。しかし顔色は変っていない。どんな場合にも、顔色を変えぬ訓練をしているようだ。もっとも色が黒いから、少しくらい変っても分らなかった。

「そうじゃない」わたしは言った。「もっと正直に話せと言ってるんだ。八木沼を脅したのは確かだろう」

「いや、おれはさっきから正直に話している。八木沼がどう思ったか知らないが、とにかく、冗談に言ったおれの要求をあいつは断ったし、おれはおとなしく引揚げた。あんな図太い野郎は初めてだ。おれは全くツイていない。二度ともツイていなかった」

「あんたが八木沼のことで知っているのは、三保子との関係だけか」

「ほかにもあるのか」

「知らないからきいている」

「おれだってほかのことは知らない」

「いいネタをつかんだと思うが、三保子には同じ冗談を言わなかったのか」

「言わない。おれはまだあの女を尾行する必要があったし、そのためには顔を知られたんじゃまずい」

「しかし、もう尾行の必要はなくなったろう。伶子は死んだ」

「だから冗談もやめさ。おれは望月に頼まれたから、伶子という娘を探すために冗談を言った。その辺の事情をよく分ってくれ。おれはきれいに消える」

「その辺の事情なんてものは分らんね。そう簡単に消えられても困る」

授業を終えた生徒の一団が、元気な声をあげて校庭に走ってきた。

わたしたちはベンチを離れ、校門をでた。

「お宅まで送ろう」

わたしは言った。彼の名前と住所を確かめておきたかった。

彼は迷惑そうだった。

「これから神田へ行く用があるのに、まるっきり方向がちがう」

「とにかく一応お宅へ送る」

「なぜだ」

「おくさんに会いたい」

「女房に会っても仕様がないだろう」

「あんたが消えたら、一緒に探してもらうためだ」

わたしは先に立ち、彼を曳きずるように駐車場へむかった。

そして四谷見附の信号にさしかかったとき、また狆《ちん》を抱いた女に擦れ違った。さっきと同じ女だった。狆のほかに、五つ六つ年下の学生ふうの男をつれていた。弟かも知れないし愛人かも知れない。

どっちでもよかった。

女はわたしたちに気がつかず、擦れ違うとき「憂鬱だわ」と男に言った。

男の返事は聞けなかった。

わたしは瀬尾を見た。

彼は憂鬱そうだった。

25

車をだす前に彼の名刺を受取った。

瀬尾市之助――まだ本名かどうか分らないが、勤務先は極東人事探偵社になっていた。ゼネラルと似たような探偵社だ。彼が暇なのは調査の仕事がなくて、紳士録の予約注文とりに歩かせられているせいだろう。あるいは、極東には籍を置いているだけで、たまに歩合の仕事をもらっているのかも知れない。

普通なら係長か課長クラスの肩書がつく年齢だ。

車の中で、彼はむっつと黙りこみ、「まるで護送されるみたいだな」と呟いたきり、ろくに口をきかなかった。

彼の自宅は初台にあった。「瀬尾」という表札がでていて、木造の都営住宅が十数戸ならんでいるうちの一棟《ひとむね》だった。玄関の軒が朽ちかけ、かなり古い都営住宅だ。

彼が玄関をあけると、彼よりややふけてみえる太った女が、小学校一年生くらいの娘といっしょに迎えた。

瀬尾の話ではこんな幼い娘ではなく、中学生の娘がいるはずだった。

わたしは、単に友人として紹介された。

愛想のいい女房だった。不機嫌な亭主の顔色など気にならない様子で、上ってお茶を飲んでいけとすすめてくれた。

「途中なのでお送りしただけです。ぼくはまだ仕事が残ってますから――」

わたしは瀬尾が気の毒になり、彼を残して退散した。

わたしは家庭の雰囲気《ふんいき》が苦手だった。どのような幸福に溢れた家庭でも、やはりわたしは苦手だった。

なぜか逃げだしたくなる。

それを、わたしが家庭に憧《あこが》れているせいだと言った者がいた。

余計なことを考える奴がいるものだ。

わたしは赤電話を見つけ、中西家のダイヤルをまわした。

コール・サインがむなしく鳴りつづけた。まだ三保子も理江も帰らないようだ。おそらく、遺体の解剖を終え遺骨にしてから持帰るのだろう。

銀座へでて車を駐車場に預け、アルカザールに行った。

ステージはクインテット・カオスの伴奏で、わたしには新顔の若い歌手が歌っていた。黒い艶《つや》のある髪を長く垂らして、混血のような眼をした彫の深い顔立ちだった。

相原は何事もなかったようにピアノを弾いている。

堤は見えなかったが、客席後方の歌手たちの控室《たまり》に早川ルリがいた。一昨日会ったときと同じ胸当てのついた吊りズボン姿で、伶子のステージ衣裳がいつも白いセーターにオレンジ色のスラックスだったように、早川ルリは胸当てつきのズボンがトレイド・マークのようだ。

愛らしく、清潔で、少し生意気そうな個性をよく生かしている。

ルリは仲間と話していたが、わたしに気づき、笑顔で挨拶を送った。しかし伶子が殺された記事を読んでいるせいか、明るい笑顔ではない。

わたしは彼女を誘い、近くの喫茶店に入った。

伶子の死については、彼女の方から話しだした。死体の発見者がわたしだったことも新聞で読んだという。

「きみは、伶子さんが家出するなんて考えられないと言った。しかし、彼女は家人に無断で軽井沢の別荘へ行き、そのために殺された。彼女についてもう一度考えてくれないか。失踪する前、彼女が暗い顔をしていたというのが気になっている。なぜ暗い顔をして、落着きがなかったのだろう」

「…………」

ルリは答えられなかった。

失踪当夜、伶子が新宿のゼロで夜を明かしたこともわたしは話した。

ルリはますます分らないといった顔つきで首をかしげた。

「一昨日のきみはあまり喋ってくれなかった。ぼくも少し遠慮していた。しかし今日は不躾《ぶしつけ》に質問させてもらう。犯人を見つけたいんだ。ぼくは刑事じゃない。三保子夫人に言いつけられた仕事は終った。だから、あとは道楽だと思われても仕様がないが、ぼくの耳の奥にはレコードで聞いた歌声が残っている、死んでいた彼女の姿が瞼《まぶた》の裏に焼きついて消えないんだ」

「あたしも同じ気持だわ。伶子が殺されたなんて信じられない」

「一昨日、彼女はだらしない面もあると言ったが、それはどういう面ですか」

「まず第一に時間の観念がルーズだったわ。ステージに立つと一所懸命になるけど、それまでは何となくルーズなのね。他人がお膳立てをして、その前に坐らせなければ駄目なのよ。わがままに育てられたせいじゃないかしら。自分の都合次第で約束なんか平気で破るし、相手が腹をたてたって本人がケロッとしているから喧嘩にもならないわ。思いついたことを、その場その場ですぐ実行しちゃうのよ……」

だからそういうときは、ほかに約束のあったことなど忘れてしまう、気が移りやすくて、例えばレストランで料理を注文したあと、となりのテーブルの食事を見ているうちに気が変わり、注文を変えたり、すでに注文した料理ができかかっていて取消しがきかぬときは注文を追加して、初めに注文した料理は手をつけずに代金だけ払うことも珍しくない……、

「……あたしにはとてもそんな勿体ないことはできないけれど、伶子は平気だったわ」

「物事に熱中しやすいんですか」

「そうね、熱中しやすくて冷《さ》めやすいのよ」

「相原正也との仲が駄目になったのも、レストランの料理の場合と同じかな」

「あら――相原さんのことは誰に聞いたの」

「昨夜遅く、彼自身に会って聞いた。彼は伶子さんに振られたと言っていた。しかし彼を振って、彼女が何処へ移ったかは教えてくれなかった」

「それは、きっと知らなかったからよ。伶子との仲が駄目になってから、相原さんはずいぶん変ったわ」

「どんなふうに？」

「ひと口には言えないけど、とても寂しそうで、以前は一滴もお酒を飲めなかった人なのに、この頃はずいぶん飲むらしいわ」

「まだ伶子さんを愛しているのだろうか」

「――」

ルリは答える代わりに、運ばれたコーヒーに砂糖をいれ、いつまでもスプーンで搔《か》きまわしていた。

寂しいのはルリ自身ではないのか。注文されたまま手をつけられぬ料理のように、それは相原もルリも同じではないのか。

ルリは相原を愛しているのかも知れない。

わたしはむごい質問をしたようだ。

しかし、わたしの冷さは今に始まったことではない。

「相原を振ったあと、彼に対する彼女の態度はどうでしたか」

「特に変らなかったわ。どんなことをしても、伶子は決して自分が悪いことをしたとは思わないのよ。音合わせのときなどでも、まるで何もなかったみたいに相原さんと口をきいていたし、そういう無頓着《むとんちゃく》でいられるところが伶子の長所だったわ」

「自分のことしか考えないタイプだな」

「でも、悪意があって何かするという人じゃなかった。伶子にはみんな自然なのよ。だから誰にも好かれていて、約束を破られて怒ったりした人も、たいていすぐ仲よしになってしまうわ」

「赤坂のシャドウという店を知ってますね」

「ええ」

「あそこのバーテンも約束を破られた一人らしい」

「望月さんが?」

「これも彼自身に聞いた話だが、日比谷で映画をみる約束をしていたそうだ」

「伶子と二人きりで?」

「信じられませんか。彼はすっぽかされ、私立探偵まで雇って彼女を探そうとしたらしい」

「でも、望月さんは同棲してる女《ひと》がいるのよ、噂ですけど」

「しかし映画をみるくらいは構わないだろう。どんなに惚れた女と一緒になった男でも、浮気する奴はやはり浮気する。浮気相手として手頃だったんじゃないかな、お互いに」

「探偵に探させるなんて熱心すぎるわ」

「つまり、彼のほうがそれだけ夢中になっていたわけだろう。きみにはそう見えなかったかね」

「それほど夢中には見えなかったわ。伶子が軽井沢へ行ったことと関係あるのかしら」

「分らない。少くとも、彼女が軽井沢へ行ったことは知らなかったらしい。彼女は、別荘からほかの男を電話で誘っている」

「ほかの男って?」

「今は言えない」

「相原さん？」

「ちがう。それだけははっきり違うと言える。誘われた男は軽井沢へ行っているんだ。しかし相原は、ずっと東京にいたでしょう」

「そうね、アルカザールのステージが毎日あって、今月になってから相原さんは一日も休んでないわ」

だが、バンドの出演は昼の部も夜の部もぶっ通しとは限らない。他のバンドも出演していて、プログラムによると、クインテット・カオスの出演は伶子が消えた翌日は昼の部だけだし、その翌日から三日間は昼夜ぶっ通しだが、次ぎはまた昼の部だけの出演になっている。昼の部だけのときはほかにナイトクラブや放送などの仕事があるのだろうが、かりに夜の部を終えてからでも車をとばして軽井沢へ行き、翌る日午後一時に始まる昼の部の出演に間に合わせて帰京することができる。

「相原さんはご両親か兄弟といっしょに住んでいるんですか」

「いえ、杉並のほうに一人でアパートを借りているって聞きました」

「すると、自炊か外食だな。ぼくと同じだ」

わたしは相原から話をそらし、コーヒーを飲んだ。相原について必要なら、ルリ以外から聞いたほうがよさそうだった。

「八木沼淳二をご存じでしょう」わたしは話を変えた。「彼に聞いた話だが、オリオン・レコードの毛利というディレクターも伶子さんに振られたことがあるらしい。聞いてますか」

「いえ、聞いていません」

「彼はどんな男だろう」

「あたしは嫌いです」

ルリははっきり言った。

「なぜですか」

「あたしも毛利さんに変なことを言われたことがあるわ」

「変なことというのは？」

「お茶を誘われたのでついて行ったら、途中でタクシーを拾って、旅館の前でとめられたんです」

「それで？」

「もちろん断ってやったわ。有名な作曲家に頼んで必ずヒットする歌をつくらせてやるとか、テレビ局に顔がきくから売込んでやるとか、とにかくうまいことを言って、旅館につれこもうとしたんです。だから、伶子が同じように口説かれたとしても不思議に思わないわ。あたしはほかの人から聞いて、毛利さんにはそんな実力がないことも分っていました。かりに実力があっても、あんな奴はごめんだわ。伶子が振ったなら当然よ」

「しかし、八木沼が伶子さんの歌を売込んだ相手は毛利でしょう」

「でも、あの歌が売れるようになったのは毛利さんのお蔭じゃない。あの歌がいい歌だったからよ。あの歌がもっと流行《はや》って、伶子がオリオン・レコードの専属になって成功すれば、毛利さんだって自分の手柄になるし、決して伶子のためだけじゃない。あたしたちの世界はギブ・アンド・テイク、それにチャンスと実力だわ」

「しかし、なかには毛利の話を信じる者もいるんじゃないかな」

実力と己惚《うぬぼ》れとはつねに交錯している。たいていの者がチャンスを待っているのだ、チャンスは永遠にこないのではないかと焦りながら――。

「例えば波多野由香はどうだろう。八木沼の話では、毛利は伶子さんの代わりに彼女を売りだそうとしてるらしい」

「あたしには何とも答えられないわ。現に、今日のステージは伶子の代わりに波多野さんが歌ってるんですもの」

ルリの返事は微妙だった。

わたしがアルカザールにきたとき歌っていた女が、波多野由香だったのだ。

「毛利の売込みですか」

「堤さんの話ではそうらしいわ」

「ぼくは八木沼に聞いて初めて彼女の名前を知ったが、こういう社会に疎《うと》いせいかもしれない。テレビやラジオなどでも活躍している歌手だろうか」

「知らないのが普通よ。たまに新宿のシャンソン喫茶にでる程度で、つまりあたしと同じね、まだ無名だわ。レコードを吹込んだこともないいんじゃないかしら」

「伶子さんとは知合っていただろうか」

「知らなかったと思うわ。なぜ?」

「なぜということもない。今のぼくはいろんなことを知りたいんだ。八木沼という人物に対してはどう思いますか。彼は伶子さんにピアノを教え、マネージャーを兼ねていた。それはビジネスに違いないが、伶子さんのほうでも悪くは思っていなかったわけでしょう」

「麻雀《マージャン》でもゴルフでもスキーでも、遊ぶことなら何でも得意な人で、遊び相手には面白い人らしいけど、あたしは好きになれなかった。伶子は一時好きになったみたいで、でも、やはり飽きたんじゃないかしら、この頃は全然八木沼さんの話をしなくなって、歌の勉強のほうに熱心だったわ。八木沼なんてキザで厭《いや》なやつよ、あたしは伶子に直接そう言ってやったことがあるわ」

「そうすると、最近の伶子さんには恋人がいなかったとみていいのかな」

「歌が恋人になったんじゃないかしら」

「しかしそれにしては、大事なときに軽井沢へ行った理由が分らない。彼女と親しい仲で、今でも軽井沢辺にいる男はいないだろうか」

「……分らないわ……、ことによると伶子は東京で殺されて、それから軽井沢の別荘へ車で運ばれたんじゃないの？」

じっと考えこんでいたルリが、急に眼を輝かせて言った。

わたしは盲点を突かれたような気がして、一瞬ドキッとした。

しかし無理な推理だった。

「残念だが、彼女は確かに軽井沢へ行っている。コーヒーを飲みチーズ・サンドを食べた。彼女を見た人が何人もいる」

わたしはルリを促して喫茶店をでた。

別れ際に、伶子が東京で殺されたという推理をしたときに浮かんだ犯人の名をきいた。

しかしルリは、ふいに推理がひらめいただけで、犯人のことまでは考えなかったらしい。そして、伶子が軽井沢から電話で誘った男の名を知りたがったが、わたしは教えないで謎《なぞ》をかけた。

「堤さん？」

ルリは自分でも信じないようにきいた。

「ちがう」

わたしは元気のない首を振った。

26

オリオン・レコードを訪ねたが、毛利は会議に出席中だった。

飾り気のない応接室で一時間近く待たされた。

その間に、いったん外へでて中西家に電話をしたが、やはり留守だった。

応接室に戻ると、お茶が冷えていた。

応接室といっても、上客用ではなさそうだった。それは、受付に名前しか通さなかったわたしが上客にみられなかった証拠だが、毛利自身もこの程度の応接室しか使えぬことを示しているだろう。テーブルは煙草の火を落とした焦げ跡だらけで、安っぽいガラスの花瓶《かびん》には一輪の花もなかった。近頃は駅の待合室だってもう少し愛想がある。

やがて現れた毛利は、痩身《そうしん》の神経質そうな男だった。

「会議が長びきまして――」

彼は待たせたことを慇懃《いんぎん》に詫《わ》びた。

「中西伶子の事件のせいですか」

わたしは直截《ちよくせつ》に言った。

彼はまだ、わたしを何者か知らないはずだった。

「よくご存じですね」

「八木沼氏に聞きました。中西伶子が死んだので波多野由香を代わりに起用しようとしていること、波多野由香があなたの愛人だということも聞いた。あなたが中西伶子を口説き損ったことも聞いている」

わたしは毛利に八木沼を敵対させたかった。

毛利は不愉快そうに唇を歪《ゆが》め、名前と住所しか刷ってないわたしの名刺をあらためて見た。僅《わず》かに考えるような眼をしたが、落着きは失わなかった。

「私はあんたを存じあげないが、前にお会いしたことがありますか」

「いや、初めてです」

「ご用を承りましょう」

「ぼくは中西伶子の母親に頼まれて彼女を探していた。そして死体を見つけ、八木沼さんにあなたの名を聞いた」

「八木沼の話を信じてるんですか」

「それを確かめるために伺ったわけです」

「デマですね。八木沼の嘘つきは、殆ど天才的といっていい。エゴイストで、自分のためなら平気で他人を犠牲にする。あの男は作曲家だと自称しているが、本当は女をひっかけて食っているヒモに過ぎない。私たちの間ではまともに相手にされていません」

「しかし、彼が中西伶子を掘りだしたことは事実でしょう」

「それもデマです。彼一流のデマですよ。確かに彼は、中西伶子を売込んできた。しかし彼がいなくても、うちの社は以前からアルカザールの堤さんにコネがついている。中西伶子の歌を吹込ませてやった実績もある。だから今度の歌も、本来なら当然堤さんから私のほうに話がくるはずだった。それを、八木沼が彼女のおふくろをうまく言いくるめて、つまり堤さんの仕事を横合いから掻《か》っ払ったわけです。堤さんはおとなしいから黙っているらしいが、私たちの社会では明らかに道義に反します。卑劣なやり方だ。みんな堤さんに同情している」

「彼の卑劣を承知しながら、あなたはマネージャーとして認めたんですか」

「已むを得ないでしょう。実際に彼はマネージャーなんです。おふくろと中西伶子自身がそれを認めている。私が断ったら、必ずほかのレコード会社へ、売込んだに違いない。そうなれば、今度は私が社の幹部に責められる。社としては誰がマネージャーでもヒット曲をだせばいい。レコードがじゃんじゃん売れ、それによって大衆にアッピールする新人をつくりだすことが重要なんです。ぼくはそのためにサラリーを貰っている。道義が金になるならいいが、そうでなければ紙屑を銀行へ持って行っても通用しないのと同じです。

私は中西伶子を一所懸命売ろうとした。むろん八木沼のためではない。仕事だからです。あの歌はいい歌だし、テレビにだせるようになれば、彼女の美しさは必ず大衆にうける。たちまち人気歌手になると思った。彼女の顔は個性的すぎるという意見もあったが、新しい歌手には新しい個性が必要だという私の持論が会社の幹部を動かした。中西伶子には、これまでの歌手が持っていない独特のムードがあった。私は宣伝部にハッパをかけ、都内のレコード屋に、片っぱしから売込みに歩いた。普通のディレクターはそんなことまでしません。しかし私はやった。そしてようやくレコードの売行きが伸びだし、ラジオのリクエストも多くなり、テレビ出演の話もきまりかかったところでふいに彼女がいなくなってしまったんです。

今朝の新聞をみたときは本当に愕然《がくぜん》とした。社にきたら早速会議の連続です。そして、中西伶子の代わりに波多野由香に歌わせることが決まったのは、もちろん会議の結果で、私ひとりで決められるものではない。それくらいのことは常識で考えたって分るでしょう。八木沼の話は悪質なデマにすぎない。中西伶子が使えなくなれば、社としてもあんな奴に用はありませんからね。著作権などの交渉はおふくろとじかに話し合います」

わたしの狙いは的を射たようだった。

毛利は次第に興奮して、八木沼に対する反感を露骨にあらわした。

彼らが高校以来の友人だという関係も、商売の打算以外には通用しないらしい。エゴイストで、女たらしのキザな野郎という点だけが彼らに共通している。

「今日は八木沼に会いましたか」

「会いません。私のほうは一応彼の顔を立てるつもりで何度も電話をしてますが、彼のほうが会おうとしない。彼の考えは分ってるんです。おふくろの三保子夫人をガッチリ握っておこうという腹でしょう。こうなれば三保子夫人が金蔓《かねづる》ですからね。何とか離さないようにしておかないと彼は乾上ってしまう。なるべくなら三保子夫人を私たちに会わせないで、彼が代理人になるつもりに違いない」

「しかし、三保子夫人が彼の言いなりになるだろうか」

「その辺の解釈が難しいところです。今までの彼は確かに夫人をつかんでいた。例の嘘八百で、かなりうまいことを言っていたと思う。夫人は映画俳優だったそうだが、それは二十何年も前のことで、現在の芸能界については何も知らない。極端に言うなら贅沢《ぜいたく》しか知らない女でしょう。娘のほうもまるで子供だった。彼にとっては、そんな母娘を騙すのは簡単だったはずです。しかし、今後も同じように上手く騙せるかどうかは分らない。夫人は娘のために財産を投げだしていいというほどの熱の入れ方だった。成功すればむろん戻ってくる金です。一曲ヒットしてテレビで顔が売れれば、地方をまわるだけでも三年は稼げる。

だが、もう八木沼が言いくるめたようには戻らない。娘が遺したのは作詞作曲の著作権使用料だけです。入院中のご主人がいつ死ぬか分らないというのに、浮気をするのも結構だが、彼女だって老後の生活を考えれば、八木沼などを相手にしないで会社と直接交渉したほうが得になると分るはずです」

「中西氏の病気は重いんですか」

「肺ガンと聞いています。世間にはガンということを知らせないで、もちろん本人もガンとは知らずに入院しているそうですが」

「あなたはもう一つ気になることを言った。三保子夫人の浮気相手は誰ですか」

「ご想像に任せます。八木沼は私に対してひどいデマをとばした。しかし私は証拠のないことは言わない。ご想像に任せるだけです」

毛利の狡猾《こうかつ》な言いまわしは、殆ど八木沼が口外したスキャンダルに比例した。毛利は、八木沼と三保子の仲に気づいているのである。しかし伶子との仲も気づいていたろうか。

わたしはそれとなく伶子の異性関係をきいた。

「遊び相手は多いようでしたがね……」

彼は、とうに切れてしまった相原との噂しか知らなかった。

「最近八木沼に会ったのはいつですか」

「昨日会いましたよ」

「どんな話をしてましたか」

「中西伶子が見つからなくて弱ったという話ばかりだった」

「一昨日は？」

わたしは次ぎ次ぎに日付を遡《さかのぼ》っていった。八木沼のアリバイを辿《たど》ると同時に、毛利のアリバイを追うためだった。

わたしは毛利の供述を信じない。しかし彼は、連日仕事に追われていたようだ。放送局の音楽番組の担当者に会い、売上げを伸ばすためにレコード屋を歩きまわるのも大変な仕事らしい。

しかし昨日、八木沼がわざわざ毛利を訪ね、伶子が見つからなくて弱っていると言ったのはなぜなのか。八木沼はそれより二日も前に、別荘で殺された伶子の死体を見ているのだ。

わたしは毛利に別れ、暗くなった街へでた。

27

食事が不味かった。

コーヒーも不味かった。

口の中がにがい。

サウナ・バスで汗を流した。

マッサージは嫌いだった。

汗を流しただけで、銀座のロマンスへ行った。中西家の女中をしていた清子という女が、クリーニング屋の店員と恋仲になって無断でとびだし、今は清美という源氏名で勤めているバーだった。

一昨日の夜、わたしはルリといっしょに喫茶店をでたとき、髪を染めた平べったい顔の彼女に擦れ違っている。

ロマンスは、スペースの広い大衆的なバーだった。客はサラリーマンが多いようで、雑然とした感じは場末のキャバレーに似ていた。

わたしはカウンターの隅に空いていた止まり木に腰かけ、ウイスキーのオン・ザ・ロックスを注文してから、バーテンに清子を呼んでもらった。

一昨夜の彼女は派手な洋服だったが、今夜は草花模様のきもので、やはり派手だが洋服よりは似合ったし、女っぽい色気も感じさせた。

わたしは一昨夜擦れ違ったことを話した。

「きみはきもののほうがよく似合う」

「みんなにそう言われるわ。でも、これは安物なのよ」

「安くて似合えばなおいいじゃないか」

「そうね。ほかのお客さんにもそう言われたことがあるわ」

清子は袖《そで》を張って嬉しそうに眺めたが、二番煎《せん》じのお世辞は引っこめる以外にない。

わたしは彼女にも飲物をとらせ、話題を伶子の死へ移した。

彼女はたちまち体をのりだし、事件のことは朝刊で知ったが、それから出勤するまではテレビとラジオをかけ通しで、ニュースの続報を待っていたと言った。

「きみが中西さんのお宅を辞めたのはいつ頃ですか」

「もう半年くらいになるわ」

「当時のことを詳しく話してくれないか。その頃はまだ、ご主人は入院していなかったのだろうか」

「ちょうどスレスレね。旦那《だんな》さんは寝たり起きたりだったけど、あたしが辞めてから、間もなく入院したって聞いたわ」

「夫婦仲はどうだったのかな」

「普通じゃないのかしら。旦那さんはあまり喋《しやべ》ったり笑ったりしない方《かた》で、気分のよさそうなときは絵ばかりかいていたし、おくさんはお茶の会だとかお芝居だとか始終そとへ出ていたけど、それでも夫婦喧嘩なんかしたことはないみたいだったわ。旦那さんがとてもおとなしくていい人なのよ」

「おくさんは？」

「おくさんも悪い人じゃないわ。贅沢で、家《うち》のことなんか何にもしないで、それで済むんだから羨《うらやま》しかった。旦那さんが愛していたのね、きっと。そう思うわ。おくさんみたいに綺麗《きれい》に生まれた人は得よ」

「伶子さんはどうなのかな。故人の悪口は言いたくないだろうが、犯人を見つけるために力をかして欲しいんだ」

「お客さん——刑事さんなの」

「刑事ではないが、おくさんに頼まれて伶子さんを探していた。一昨夜、早川ルリさんといたのもそのためだった」

「伶子さんも決して悪い人じゃないわ。わがままで贅沢で勝気で、そういうところはおくさんにそっくりだけど、無邪気でほかの人のことには気がつかないのね。内気な理江さんとは正反対だわ。伶子さんはお母さんの血をひいて、理江さんはお父さんの血をひいて、ちょうど性格が二つに分れているみたい。理江さんは引っこみ思案で家にばかりいるのに、伶子さんは殆《ほとん》どじっとしていたことがなかったわ」

「伶子さんがわがままというのは、例えばどういう点だろう」

「どんなことでも自分の思い通りにしないと気がすまないのよ。そして、何でも思い通りになったわ……」

　去年の暮から正月にかけて、スキーに行くときなどはセーターをいっぺんに三枚も買って、そのうち一枚は袖を通さぬうちに気にいらなくなったと言って清子にくれたという。気に入った物が眼につけばすぐに買い、たいていはまたすぐに飽きて誰かにあげてしまう。母の三保子がそれを許し、三保子自身も浪費癖があって、それでも敬一郎は寛大なのか諦めているのか、文句ひとつ言わなかったようだ。

「しかしそんな調子で、よく家庭がもっていたな」

　客が混んできたので、わたしは清子にも声を小さくするように注意して言った。

「それは理江さんがしっかりしていたからよ。あの家はまるで、仕様のない娘が二人いて、理江さんがお母さんみたいだった。おくさんも伶子さんも、自分では下着一枚洗おうとしない人たちですもの。あたしが辞めたあとは、買物から洗濯までみんな理江さんがしているらしいわ。理江さんだって贅沢すればいいのに、性質なのね」

「経済的にはどうだったのだろう。そういう贅沢が平気なほど金持なのか」

「そうでもないんじゃないかしら。お金がないと言って、時々おくさんはこぼしていたわ。旦那さんが外交官時代にパリで買った絵が高くなっていて、お金がなくなると、旦那さんが画商を呼んで売っているみたいだったし、伶子さんにレコードを吹込ませるためにもずいぶんお金がかかって、そう楽じゃなかったと思うわ。あたしが辞めてからお手伝いさんを雇わなかったのも、やはりお金のせいじゃないかしら」

「きみがいた頃は、八木沼という男が出入りしてましたか」

「いえ、あたしは八木沼さんという人を全然知らないんです。相原さんがピアノを教えにきてたわ」

「ぼくは、伶子さんと相原が恋愛していたことを何人かの人から聞いた。相原のほうが失恋したようだが、実際のことは分らない。きみはどう思ってましたか」

「そういう噂があるなら嘘《うそ》じゃないわ。あたしは三ヵ月くらいしか中西さんにいなかったので最初の頃のことは知りません。でも、あたしが知った頃はお互いにまだ夢中だったか、それとも伶子さんのほうが少しさめかけた感じで、そのうち伶子さんとおくさんが話しているのを聞いたことがありました。そのとき、相原さんが振られたことが分り、それっきり相原さんは訪ねてこなくなったわ」

「きみが聞いたのは、どんな話でしたか」

「相原さんが、伶子さんと結婚させて欲しいっておくさんに言ったらしいです。それでおくさんが伶子さんの気持を聞いたら、全然その気はないし、自分でもはっきり断ってあると言ってました」

「つまり、相原は彼女に断られても諦めきれないで、おふくろを説得すればまだ見込みがあると期待したのかな」

「そうね。でも、伶子さんにその気がなかったら、結局はどう仕様もないわ。伶子さんは気が変っちゃったのよ……」

伶子の恋愛は相原が初めてではない。バレーを習っていた頃はバレー教師との関係が噂され、次ぎは劇団の若い演出家、ファッション・モデル時代はデザイナーという具合に、熱中する仕事がかわるたびに恋愛の対象もつぎつぎにかわっていったらしい。

これらは先任の女中や出入りの商人から清子が聞きだした噂だが、あながちデマとも言いきれないのは、現にシャンソンを始めてから相原と関係があったようだし、八木沼との仲も否定できない。

遊びのつもりか、一時的にもせよ真剣な恋だったのか、今さら伶子の心を知ることはできないが、とにかく奔放に行動していたとみてよさそうだ。その場合、周囲に傷つく者がでるのは、また已《や》むを得なかったろう。彼女は春さきの風のように気紛れで、風に恋をした蝶《ちょう》は翅《はね》を痛め、風はたちまち吹き過ぎ、蝶はその風を追うことができず、病んだ蝶は草蔭で癒《い》える日を待つほかはない。

相原が酒に浸るようになったというのは、まだ傷が癒えぬせいかも知れない。

「すると――」わたしは言った。「伶子さんは相原を振って、次ぎの恋人は誰だったのだろう」

「さあ？　……あたしはあの近所に友だちがいるので今でもたまに噂を聞くけど、伶子さんの恋人のことは聞かないわ」

「ほかにどんな噂を聞きますか」

「たいした噂じゃないわ。旦那さんが入院してるのに、おくさんは相変らず贅沢な服装《なり》をして遊び歩いてるとか、そんな程度ね」

「伶子さんの新しい歌を聞きましたか」

「もちろん聞いたわ。レコードも買ったし、アルカザールでも行くたびに聞いてたわ。お客さ

ん も聞いた？」

「聞いた。ぼくはレコードだけだが、いい歌だと思った」

「素敵な歌よ。今まで伶子さんが歌ったなかでいちばんいいわ。胸の奥を揺すられるような寂しいムードがあって、あたしなんかお部屋に帰ってひとりで聞いてると、何となく涙がでてきちゃいそうになるの」

「あの歌は失恋の歌だ」

「そうね。だからあたしに合うのかしら」

「失恋したことがあるんですか」

彼女とクリーニング屋の店員との一件が脳裡《のうり》に浮かんだ。

「もう五、六回失恋してるわ」

清子は、小銭しか入っていない財布を落としたように言った。

「伶子さんはどうなのかな。あの歌は彼女の作詞と聞いている」

「あたしもそう聞いたわ」

「やはり失恋したんだろうか」

「ことによると、中学か高校時代の初恋の経験かも知れないわ。今の伶子さんだったらああいう悲しい歌はつくらないし、第一、失恋させるような相手がいないわよ」

しかし——、わたしは歌詞を思い出していた。あの歌詞は決して小娘のつくった文句ではない、といって想像力だけで作ったとは思えぬ実感がこもっている。愛し合ったはずなのに、やがて捨てられてしまった女の恋の歌だ。それは相原の傷心がまだ癒えぬように、諦めたつもりでいながらやはり諦めきれずにいる恋の歌だろう……。

「きみは時どきアルカザールに行ってたそうだね。最近の伶子さんは元気でしたか」

「もちろん元気だったわ。レコードが売れだして、そのうちテレビにもでられるような話をしていたし、とても張りきっていたのよ」

「車の話を聞かなかったろうか」

「車の話って？」

「彼女はいい車を持っていた」

「その車ならあたしも乗せてもらったことがあるわ。MG・ミゼットね」

「ところが、彼女はその車を置去りにして軽井沢へ行った。理由が分らない」

「なぜかしら……」

清子は、伶子が車を買い替えたがっていたことを知らなかった。

わたしは二杯目のグラスを飲み干した。

「きみはいま独りかい」

「そうよ、なぜ」

「きいただけだ」

わたしは止まり木を下りた。

クリーニング屋の店員のことはきかなかった。

28

ロマンスをでて、中西家へ三度目の電話をかけた。

やはり留守だった。

赤坂へむかった。

シャドウの近くに赤電話があった。

ダイヤルをまわした。

音楽が聞え、望月の声がでた。

「瀬尾さんは来ていますか」

わたしはきいた。

「いえ、お見えになってませんが――」

「電話は？」

「ありません。瀬尾さんがいらっしゃることになってるんですか」

望月は簡単にボロをだした。瀬尾を知らないなら、こういう文句はでてこない。

「それではきみに頼みたいことがある。すぐ近くの、果物屋の赤電話でかけているが、ちょっとこっちへ来てくれないか」

「どんなご用でしょう」

「会ってから話す」

「失礼ですが、どなたさんでしょうか」

「それも会えば分る」

わたしは電話を切った。

望月は五分ほど待たせた。

わたしは果物屋の筋向かいにとめた車の蔭に隠れていた。

望月は果物屋の前にきて、不安そうにあたりを見まわした。

わたしは彼の前に立った。

彼は驚いたようだった。

「瀬尾に用があったわけじゃない。マダムはきてるのか」

「はい」

彼は唾《つば》を飲みこむように頷いた。

「それじゃゆっくり話せるな」

わたしは先に立った。

少し歩くと寺の門があって、石畳の細い道が境内へつづいた。

小さな寺で、境内も狭かった。

淡い常夜燈《じようやとう》が一つだけポツンと灯っていた。

わたしは常夜燈を背にして彼を見た。ホクロの所在が分る程度の暗さだった。

「おれを憶えてるかい」

わたしは静かに言った。昨日の深夜すぎというより、殆ど今日の明方近い時刻に会ったばかりだ。

望月は無言で頷いた。大分怯《おび》えているようだった。

「初めに会ったとき、きさまは瀬尾を知らないと言った。なぜ嘘をついた」

「瀬尾さんにぼくのことを聞いたんですか」

「ちがう」わたしは、内緒にしてくれと言った瀬尾の顔をたててやることにした。あんな奴でも、わたしには同じ風に吹かれているという同業の誼《よしみ》があった。「きさまはシェーカーを振るのが商売だろう。おれのほうは人の匂いを嗅ぐのが商売だ。くさいと思って電話をしたら、きさまが勝手にボロをだした」

「済みません」

「謝ることはない。その代わり本当の話をするんだ。瀬尾が私立探偵だということは分っている。なぜ彼を頼んだ」

「伶子さんに会いたかったからです」

「おれが聞きたいのは中西伶子を探そうとした理由だ。普通の者なら、デイトをすっぽかされたくらいのことで探偵を頼まない。きさまは探偵をつけたほかに、彼女の家へ何度も電話をかけ、昨日は朝っぱらから垣根を覗いていた」

「…………」

「言えないのか」

「話せば許してくれますか」

「聞いてみなければ分らない」

「…………」

彼は顔を隠すように俯いた。

テレビかラジオの音が聞えていた。チョコレートのコマーシャルだった。

わたしは煙草に火をつけ、ライターの明りを彼に近づけた。

彼は深刻そうに唇を噛んでいた。

顔を上げさせた。

「きさまが殺したのか」

「違います。絶対にぼくが殺《や》ったんじゃない。ぼくはずっと東京にいた。瀬尾さんが軽井沢へ行ったのも、決してぼくがすすめたんじゃありません」

「瀬尾は軽井沢へ行ったのか」

わたしはとぼけてきいた。彼は事件を知って、瀬尾が殺ったと思っているらしかった。

「ぼくは反対したんです。でも、伶子さんはほかの男と別荘へ行っているかも知れないというのが瀬尾さんの考えでした」

「ほかの男というのは？」

「知りません」

「相原じゃないのか」

「相原さんとは別れたはずです」

「瀬尾がそんな話をしたのはいつだ」

「一昨日の晩です。そして昨日の朝別荘へ行くと言ってました」

「その後瀬尾から連絡はないのか」

「ありません」

「きさまが話す以前は、瀬尾は中西伶子を知らなかったのか」

「この店で、一度だけ会ったことがあります」

「いつだ」

「二週間くらい前です」

「すると彼が別荘へ行って伶子に会ったとしたら、二度目だな」

「そう思います。でも、本当に行ったかどうか、ぼくはまだ聞いていません」

「どうして聞かないんだ。気になっていたはずだろう。連絡がとれなかったのか」

「…………」

望月は恐れているのだ。もし瀬尾が別荘へ行き、伶子を犯そうとして殺したなら、彼も警察へ呼ばれることは間違いない。

「瀬尾は軽井沢の別荘へ行った――まずそう考えよう。しかし、彼はきさまの反対をおしてまでなぜ軽井沢へ行ったのかな。熱心すぎると思わないか」

「…………」

「探偵を頼むには金がかかる。それくらいはきさまも分っているだろう。結婚調査などがたいていお座なりなのは、調査料が安いせいだ。家出人さがしなども、家で寝そべっていながらデタラメの報告を書いて済ます奴がいる。しかし瀬尾は熱心だったらしい。あいつを動かすのに、いったいいくらだす約束をしたのだ。どうせ瀬尾に聞けば分る。疑われたくないなら、自分で喋ってしまった方がいい」

「……五十万円です」

彼は観念したように低く言った。

「五十万？」

わたしは驚いて聞返した。

瀬尾がわたしに言ったのは五万円だった。十分の一である。伶子に会ったことがないと言ったのも嘘だ。しかし五十万円の報酬なら、彼が軽井沢へとんでいった気持も分る。

「五十万とはたいした景気だな」

「それにはいろいろとわけがあるんです」

「きさまの言うことは要領を得ない。もっと肝心な話があるはずだ。それを先にしろ」

「冗談だったんです」

「何が冗談なんだ」

「こういう小説を読んだことがありますか。ぼくは伶子さんに聞かされたんですけど……」

彼はぼそぼそ話しだした。

外国の作家の小説だったが、彼は作家の名を憶えていなかった。

――ある行楽地のホテルのプール・サイドで、一人の老人がアメリカの青年と賭《かけ》をする。青年の持っていたライターが、一度もミスをしないで十回つづけて点《つ》いたら、老人は自分のキャディラックを提供する。その代わり、もし途中で一度でも点火しなかった場合は、青年は左手の小指を切断されるという賭だった。

青年は気ちがいじみた老人の提案を承諾し、老人の部屋に案内される。

キャディラックは間違いなくホテル正面の車寄せに駐っている。

老人はメイドに肉切り庖丁《ぼうちょう》を用意させ、青年の左小指を動かせぬようにテーブルに縛りつける。

やがてゲームが始まる。

青年は右手に持ったライターの回転軸《ホイール》を勢いよくまわす。

ワン……ツウ……。

火花がとんで、ライターの芯《しん》がそのたびに燃えあがる。

老人は肉切り庖丁をふりあげたまま、ライターを見まもっている。

一度でも失敗すれば、直ちに青年の小指は切り落とされるのだ。

スリー……フォア……。

緊張のうちにゲームがつづく——。

「最後にゾッとするようなオチがついてるんですが、大体そんな内容の小説でした」

「伶子がそれを話したのか」

「そうです。そして、ぼくがある人から貰ったばかりのライターを自慢していたら、それと同じような賭をしないかと言いだしたんです……」

望月は小説の場合と同様に左の小指を賭ける。

伶子はキャディラックではなく、百万円の現金だった。

「ぼくは冗談だと思って軽く引受けました。伶子さんも初めは冗談のつもりみたいだった。伶子さんが試してみたら六回目で失敗してしまった。ところが、だんだん伶子さんの口ぶりが真剣になって、それでもぼくは冗談だと思っていたんですが、言われるままに左の小指をカウンターに乗せ、ライターを点《つ》け始めました……」

ライターは新品のダンヒルだった。

発火石もいれたばかりだった。

ワン……ツウ……スリー……。

「五回まで成功すると、伶子さんの顔色が変ってきました。真剣になってしまったのです。ぼくも何となく真剣にさせられたようで、慎重に火をつけました」

「彼女は酔っていたのか」

「いえ、ブランデーを飲んでましたが、酔ってるように見えなかったし、自分でも正気だと言ってました」

「しかし、マダムは黙って見ていたのか」

「マダムは休みでした」

「ほかに客は?」

「珍しく瀬尾さんが来ていました……」

……シックス……セブン……エイト……。

瀬尾が傍らで回数を数えた。

「ついに十回とも成功しました。ぼくは冗談にされてもいいと思っていたんです。でも、伶子さんは必ず払うと言いました。ぼくが無理に払えと言ったわけじゃありません。伶子さんは意地っ張りなんです。自分が言いだしたことだし、そばで瀬尾さんが見ていたので、あとへ引けなくなったのかも知れない」

「そのライターを今持ってるか」

「ええ」

「ちょっと貸してくれ」

わたしはライターを受取った。

金メッキのガス・ライターだった。高価な品だろうが、金メッキの趣味はよくなかった。

わたしは蓋《ふた》をあげ、回転軸《ホイール》をまわした。

ワン……ツウ……。

自分で、声をださずに数えた。

回転軸の回転は軽く、火つきもよかった。

十回つづけて点火した。

この調子なら、まだ続けられそうだった。

回転軸をまわすたびに、炎が望月の落着かぬ顔を照らした。

わたしは十二回まで数え、蓋を閉じた。

「とにかく、きさまは百万円儲《もう》けたと思ったわけだな」

わたしはライターを返して言った。

「本気で当てにはしません」

「支払いの期日はいつだ」

「一週間以内ということで、それも伶子さんが自分で決めたんです」

「それが今月の二日、きさまがデイトをすっぽかされたという日か」

事情がいくぶん分りかけてきた。

デイトの約束は映画をみるためではなく、金を受取るはずだったのだ。金の都合がつかなければ、体で払えという脅《おど》しがついていたかも知れない。瀬尾が望月に会って調査を頼まれたのは、その翌日の夜だ。

「デイトをすっぽかされてから、きさまはもう一度瀬尾に会ったはずだな。それはいつだ」

「次ぎの日です。ぼくが伶子さんから金を受取ったかどうか、瀬尾さんはそれを知りたくて来たんです」

「しかしきさまは待ちぼけをくった。探したが見つからない。それで瀬尾に調査を頼んだのか」

「はい」

「伶子を見つけて百万円取ったら、分け前は五十万円ずつ山分けか」

「伶子さんを探してくれとは言いましたが、無理に金を取れなんてことは言いません」

「きさまがそう言わなくても、瀬尾は自腹で軽井沢へ行ったほど仕事熱心な男さ。賭のことを知っていたのは、きさまと瀬尾の二人だけか」

「伶子さんが話さなければ、ほかにいないはずです」

「相原が知っていた様子はなかったか」

「賭の話はしません。伶子さんが死んだと聞いたせいか、ヤケになったみたいにウイスキーを飲んで帰りました。前にお話しした通りです」

「オリオン・レコードの毛利は店にこないか」

「どんな人ですか」

「知らなければいい。波多野由香という歌手を知ってるか」

「さあ？　……」

やはり知らなかった。

寺の境内をでた。

「ぼくが喋ったことを、瀬尾さんに内緒にしてくれますか」

望月は心配そうに言った。

「喋られると具合が悪いのか」

「実は、昨夜遅く瀬尾さんから電話があって、ぼくと瀬尾さんが知合いだということは誰にきかれても喋るなって口止めされたんです」

「それで、最初におれがきいたときはとぼけたのか」

「済みません。でも、瀬尾さんは軽井沢へ行かなかったと言っていました」

「きさまは瀬尾が怖いか」

「――」

望月は黙った。

よほど怖いようだ。瀬尾の電話を信じないで、むしろ瀬尾が殺したと思っているに違いない。ただし、望月が犯人でなければである。彼も瀬尾も、互いに相手を裏切っている点では似合いのコンビだ。

「瀬尾には黙っていてやろう」

わたしは果物屋の前で彼に別れた。

わたしもまた、嘘に慣れている男だった。

29

瀬尾は望月に口止めをした。予防線を張ったつもりだろう。

しかし望月の話と八木沼の話を合せて考えると、瀬尾が犯人とは思えない。

九月三日——伶子は確かに生きていた。軽井沢の別荘から八木沼に電話をかけているし、その電話の真偽は疑わしいとしても、彼女の姿はタクシーの運転手や鶴野屋のおかみが見ている。

そして翌四日の午後、八木沼が別荘を訪ねたときは死んでいたのだ。さらに、瀬尾が別荘にきたのは六日であることも間違いない。同じ日にわたしとぶつかっている。

しかし、瀬尾が六日に別荘へ行ったのは二度目だったと考えたらどうか。

すでに彼は、二週間前に伶子が百万円の賭に敗れたことを知っている。その場の立会人だった彼は望月の代理と称して伶子を脅し、彼女の失踪を知るとすぐにあとを追って軽井沢へ行き、八木沼が現れる前に殺していたのではないか。別荘の所在地くらいは、望月に聞くまでもなく瀬尾なら簡単につきとめたろう。そして犯行後知らぬふりをして望月に会い、失踪調査の依頼を仕向けることも簡単にできたはずだ。

この場合、望月の反対を押してまでなぜふたたび別荘へ行ったのか、その理由が問題として残るが、犯人は往々にして不安のため犯行現場に戻る習性があり、その口実に望月の依頼を利用したとも考えられる。

犯行動機は、伶子を犯そうとして抵抗され、つい力が余ったのかも知れない。

しかし瀬尾に対する疑問は、望月に対しても同様に可能だろう。彼はすでに伶子を殺していて、だから瀬尾の軽井沢行きに反対したのではないか。彼こそ別荘の所在を知っていたし、同《どう》棲《せい》中の女がいても、真剣に伶子を愛したということは十分に考え得ることだ……。

わたしは帰宅したが寝つかれなかった。

ウイスキーのグラスをかさねた。

昨夜の睡眠不足が残っていた。頭が鈍っている。眠ってしまえればいいが、眠れぬことも分っていた。

周囲は静かだった。

夜になると、もうめっきり秋だ。

虫が鳴いていた。いっしんに鳴きつづけている。虫たちの命は短い。彼らは間もなく死ぬことを知っているのだろうか。だからいっしんに鳴いているのか。

わたしは鳴かない。蟋蟀《こおろぎ》でも蟬《せみ》でもない。しかし虫たちと人間とどこが違うのか。わたしは鳴かないでウイスキーを飲む、誰もいない部屋で。侘《わび》しい習慣にすぎない。

一つの声が耳の奥で歌っている。会う機会もないまま、死んでしまった女の歌う声だ。

もし望月が真剣に伶子を愛していたというなら、一方で三保子との関係をつづけながら八木沼もまた真剣に伶子を愛していたのではないだろうか。それは愛と呼ぼうが欲望と呼ぼうが差支えはない。愛の中に欲望がひそみ、欲望の中にも愛はひそんでいる。九月四日——伶子の死体を最初に見つけたのは彼なのだ。彼は伶子の死体を自分で見ているのに、翌日は平然とオリオン・レコードを訪ね、毛利に伶子の行方が分らないで弱っているなどと話している。

彼は伶子に誘われて別荘へ行き、そのとき瀬尾の場合と同じ成りゆきで彼女を絞め殺してしまったのではないか。だから警察に届けないで、死体が見つかっても自分にはかかわりがないように毛利を訪ねたのではないか。早川ルリの話によれば、伶子が八木沼を好きになった時期が一時的にあったようだが、最近は飽きたらしく、専ら歌に熱中していたという。

それが事実とすれば、八木沼もまた振られた男の一人である。振られたからといってあっさり諦めがついたなら、電話一本の誘いで軽井沢へ行きはしなかったろう。未練があったとみなければなるまい。

そしてせっかく別荘へ行ったものの、伶子の気紛れに冷くあしらわれたら、そのままおとなしく引返す男でもあるまい。

しかし彼にとって、伶子は彼自身が言ったように金の卵を生む鶏になるはずだった。その意味では三保子にとっても同様だし、総ざらいに周囲の人物をならべたところで、理江や早川ルリの犯行を裏づける理由は見当らない。アルカザールの堤も同じだ。毛利については波多野由香との関係を含めてさらに調べる必要があるが、犯行動機を伶子への愛情に絞ってみるなら、むしろ相原を忘れてはならない。

彼のアリバイは一応検討ずみだが、犯行の余地がないわけではない。八木沼の話を信じるなら、伶子は別荘へ行った翌日八木沼に誘いの電話をかけていったん断られているが、そのとき、八木沼に断られた彼女はつづけて東京のダイヤルをまわし、かつて愛したことのある相原を呼ぼうとしなかったろうか。気紛れな女ならやりかねないし、彼女は相原を振ったといっても嫌《きら》いになったわけではなく、相変らず同じステージで仕事をしていたのだ。

相原は伶子に傷つけられた心を酒にまぎらそうとしていたらしい。

しかし昨日の深夜すぎ、伶子の死体が見つかったことを知ってからシャドウへ行き、望月を不審がらせたほどウイスキーを飲んだ彼は、単に伶子の死を知ったせいだけなのかどうか。

八木沼は相原に新しい女ができたようなことを思わせぶりに言ったが、その点に関してはわたしは別の考えをとる。傷ついた心を酒で癒やすように、あるいは伶子を忘れるために他の女へ心を動かそうと試みたかも知れないが、結局相原は伶子を思い切ることができずにいたに違いない。

『――今の伶子さんだったらああいう悲しい歌はつくらない……』

とロマンスの清子は言った。

わたしの脳裡《のうり》にはその言葉がこびりついている。

ことによると、あの歌詞は失恋した相原がつくり、彼自身が作曲して伶子におくったのではないのか、彼の心をうったえるために、そして彼女の心を取戻すため……。

わたしはウイスキーのせいで、感傷的になり、おかしなことを考えだしたようだ。

もっと根本的な疑問が解けていない。望月の話で伶子が姿を隠した理由は納得できそうだが、なぜ車を置去りにしたのか分らない。

すべてが彼女の気紛れなのか。

そして殺した奴も気紛れなのか。

としたら考えること自体が無意味になる。

いずれにせよ、明日は三保子の帰京を待って事情を聞く、そしてもう一度軽井沢へ行かなければならないだろう、それから八木沼や相原たちのアリバイを、野良犬のようにあさる羽目になりそうだ……。

さほど飲んでもいないのに、今夜のわたしは悪酔いしたように自分をもて余している。

ウイスキーのほうでもわたしをもて余しているようだ。
——そう無愛想なつらをするなよ。
わたしは、氷が溶けて水っぽくなったウイスキーに向って呟いた。

30

わたしは夜明けを憶えていた。

カーテンに日がさして、牛乳瓶の触れ合う音を聞いた。

それから間もなく眠ったらしい。

喧《やかま》しく鳴りつづけるブザーの音に眼を覚ました。

昨日は電話のベルだった。わたしを起こしてくれるのはいつも決まっている。やさしい女の声ではなくて、電気仕掛の音だ。

玄関のドアをあけると、軽井沢署の猪股部長刑事が立っていた。相変らず窮屈そうな背広を着て、ずり落ちそうなズボンからワイシャツの裾《すそ》がはみだしかけていた。機嫌も相変らず悪いようだ。

「眠ってたのか」

「夢をみてました。あまりいい夢ではなかった」

「何時になると思う？」

「何時ですか」

「もう正午すぎだ」

「まだ眠い」

「眠かったら顔を洗え。こっちはまる二日間眠っていない。今朝も八時前に軽井沢を発っている」

部長は勝手に靴を脱いだ。大きな靴だった。

彼を事務室へ案内してから、わたしはシャワーを浴び、ひげを剃《そ》り、服を替えた。

「何をしてるんだ」

部長は待ちきれずに怒鳴った。

事務室と私室との境は壁一重だった。

わたしは冷い牛乳を飲んだ。

部長を待たせていなければ、熱いコーヒーが飲みたかった。

ウイスキーが体に残っていた。

ほかに食欲はなかった。

事務室にゆくと、部長は応接セットの低いテーブルに足を投げだしていた。赤いチェックの靴下はしゃれた柄だが、部長の足には別の柄が合いそうだった。

わたしは向いに腰を下ろした。

「一昨日はまっすぐ帰ったのか」

部長は足をひっこめて言った。

「帰りました」

わたしは煙草をくわえた。

部長も急いで煙草をくわえ、わたしが点けたライターに体をのりだした。

火をかしてくれとも、火をつけてから有難うとも言わなかった。

「きみは、被害者のおふくろに犯人を探してやると言ったそうだな」

「そうは言いません。わたしは自分の手がけた仕事を終りまで見届けないと気が済まない。だから犯人をつきとめた場合は、結果的に犯人を探してやったことになる。三保子夫人にはそう話したつもりです」

「同じことじゃないか」

「違います。自分のためと他人のためとでは全然ちがう。第一、自分のためにやるのでは金にならない」

「それじゃ好きでやるのか」

「厭なときもやります」

「分らんな」

「分らなくて結構です」

「いや、分らんというのはおもしろくない。きみはだいぶ余計なことをしている。グランド・モテルのスナックで、新聞記者の真似をしたのはどういうわけだ」

部長はスナックのバーテンがわたしのことを聞いてきたのだ。

だが、バーテンがわたしを新聞記者だと思ったのは彼らの自由で、わたしはウイスキーを飲み、情報を仕入れただけだ。

「きみは警察をだしぬこうとして、軽井沢と中軽と追分のタクシーの運転手たちの間も歩きまわっている」

「しかし捜査の邪魔はしなかったつもりです」

「邪魔なんかしたらタダじゃおかない」

部長は気が立っているようだった。徹夜つづきの眼が充血して、頬《ほお》のあたりがいくらか痩《や》せてみえた。

「ご用を伺います」

わたしは刺戟《しげき》しないように穏かに言った。

「きみが東京に帰ってから調べた結果を聞きたい。つまり、捜査に協力してもらいたい」

部長も自分の態度に気づいたらしく、少し穏かになった。

わたしは質問を促した。

「相原正也という男を知ってるかね」

「アルカザールに出演しているバンドのマスターでしょう」

「中西夫人に聞いた話だが、彼は半年ほど前に被害者に振られている。振られたのに別れきれないで、相変らず一緒に仕事をしていたそうだ」

「ぼくもその話は聞きました。相原に合ってみたし、周囲の者の話も聞いた。しかし、仕事と恋愛は別でしょう。少くとも伶子さんはそう割切っていたようです」

「だが、相原のほうは割切れたかどうか分らんだろう。きみが死体を発見した前々日の午後、鶴野屋のおかみに別荘の道順を聞いた男がいる。そいつは車できたそうだが、相原も車を持っている」

「違いますね。そいつは相原じゃない。別の男です」

「分ってるのか」

「あとでお話しします。質問をつづけてください」

「これも夫人に聞いた話だが、中西伶子が帰らなかった翌日から、若い男の声でしばしば怪電話がかかっている。娘を電話口にだせという電話だ。相原の声ではないらしい」

「そいつの正体も分りました」

「誰だ」

「あとで話します」

「みんなあと回しか」

部長は不服そうだった。

「部長の話を先に聞かせてください。そのほうがあとの話に順序をたてやすい。一昨夜東京に戻ってから、それから昨日も、わたしは休みなしに動きまわった。そしていろいろなことが分ったが、肝心なことが分らない。正直に言って五里霧中です。解剖の結果はどうでしたか」

わたしは、死後経過時間を知りたかった。

死因も確かめたかった。

「殺されたのは三日か四日らしい」

部長はぶっきらぼうに答えた。

三日は、伶子が午前十時頃グランド・モテルのスナックで食事をし、それから旧軽井沢へ行ったらしく、正午前に浦部運転手のタクシーを拾って別荘に帰り、それからまた旧軽井沢へ行こうとしたらしく、三時すぎに軽井沢駅前のタクシーを電話で呼んだのにすっぽかした日だ。その電話をかけたと覚しい同時刻頃、鶴野屋のおかみが伶子を見ているのである。

そして四日は、八木沼が伶子の死体を見つけたが届けなかったという日だ。

死因は絞殺。胃の中の食物は殆ど消化されていたが詳細はまだ不明。兇器《きょうき》となった紐《ひも》のごときものも不明。

暴行はされていない。生理の手当てがしてあって、彼女は生理期間中だったようだ。

「……それで抵抗したのかも知れんがね」

「指紋はどうでしたか」

「特に犯人が消していった形跡は、玄関ドアのノブだけだ。あとはだいたい家族のもので、それ以外のも採れたが、決め手になるようなものではない。電話機は被害者が最後に使っている。もちろん何処へかけたのか分らない」

「軽井沢にきてから殺されるまで、彼女は別荘に閉じこもってたんですか」

「それはきみが調べてるじゃないか。知っているはずだ」

「しかし、わたしは時間が限られていた。十分に調査する暇はなかった」

「きみは十分に調べたさ。それだけは褒《ほ》めてやってもいい。お蔭で、こっちはきみの残飯を嗅がされたようなものだ」

「その代わり手間が省けたでしょう」

「図にのるんじゃない。最初からわたしが調べれば、違った話を聞きだせたかも知れない。モテルのバーテンもタクシーの運転手も、みんな同じ話を繰返させられるのが迷惑そうだったし、あらためて考えようとしてくれなかった。一度喋ってしまうと、その話を自分で信じてしまうんだ。だから最初の聞込みが大切なのに、きみがさんざん食い散らかしてしまった」

「浦部という運転手に会いましたか」

「会ったさ……」

部長は文句を言いながらも話した。

わたしが軽井沢で会った人物には、部長も全員に会っていて、話の内容はまったく同じだった。

「九月三日に二度も旧道へ行ったのは、何のためか分りませんか」

「分らんね。まだ聞込みを続けているが、喫茶店に寄ったとか買物をしたとかいう聞込みはない」

「しかし東京にいたときは麦藁帽子をかぶっていなかった。どこかで買ったか貰ったか、貰ったとしたら誰かを訪ねたことになる。それとも、別荘に置いてあったのかも知れない」

「いや、はっきりしたことではないが、おふくろも妹もあの麦藁帽子には見憶えがないと言っている」

「すると帽子の出所が問題ですね。麦藁帽子を買うだけの目的で旧道へ行ったとは思えない。

ほかに買物がなかったなら、誰かを訪ねたはずでしょう」

「その足どりがつかめれば苦労しない」

「タクシーをなぜすっぽかしたのか分りましたか」

「それは大体わかっている。西部小学校前のバス停付近で彼女らしい女を見た者がいるんだ。時刻もタクシー会社へ電話をした時間に合っている。目撃者は信用できる人物で、中西伶子の写真を見て間違いないと言った。服装が目立つから憶えられやすい。麦藁帽子をかぶり、黒いショウルダー・バッグも提げていたそうだ。多分、忘れ物に気がついて別荘へ引返したのだろう。あるいは予定を中止したのかも知れん。わがままな娘だったらしいから、タクシーをすっぽかすくらいは平気だったんじゃないかな。すっぽかされたほうはカンカンに怒っている」

「東京でもすっぽかされた男がいます」

「タクシーじゃなくても、女にすっぽかされた男なんぞ珍しくないだろう」

「そいつは二日に中西伶子と会う約束をしていた。さっき話にでた怪電話というのが、そいつの仕業《しわざ》だった。待ちぼけをくって頭にきたらしい」

「二日というと、彼女が軽井沢にきてモテルのスナックに現れた日だな」

「そうです。中西夫人から賭の話を聞きませんか」

「聞かない。何の賭だ」

「ライターで百万円の賭です……」

わたしは、シャドウで望月と伶子の間に行われた賭について話した。

無謀な賭だった。小説中の老人が常軌を逸していたように、それを現実に移した若い二人もどうかしている。

望月は初め冗談のつもりで、そのうち真剣になりだした伶子を見て、うまくゆけば百万円せしめられると思い、失敗したら冗談にして逃げる算段だったろう。

伶子には加虐趣味と同時に、酔っていたせいもあったに違いない。

「……望月の話では、成行きでそうなってしまったそうです」

「ばかな話だな」

「確かにばかな話です。その金の支払期限が二日だった」

「それで彼女は東京を逃げてきたのか」

「おそらくそうでしょう」

「しかし、いつまでも逃げるわけにはいかない」

「わたしも昨日からそのことを考えていた。彼女が姿を消したのは、一時逃がれのつもりだったはずです。八木沼という男について何か聞きませんか」

「彼女にピアノを教えていた作曲家だろう。彼女のマネージャーだったという話も夫人に聞いた。そいつがどうかしたのか」

「鶴野屋のおかみに道順をきいた男が八木沼です。別荘からの電話で、彼は三日の午後一時ごろ伶子に誘われたと言っている。しかしその日は用があったので、翌日別荘へ行った。そしたら伶子が死んでいたそうです」

「彼が自分でそう言ったのか」

「初めはとぼけようとした。しかし鶴野屋のおかみに顔を見られているので、とぼけきれなかった。警察に届けなかったのは、かかり合いになりたくなかったからだと言ってます」

「彼女がそいつを呼んだ理由は？」

「退屈だから遊びに来ないかという、それだけだったらしい」

「きみはそいつの話を信じたのか」

「いえ」

わたしは首を振った。

そして、彼が死体を発見したときの模様を、彼が話したとおりに伝えた。

――玄関は錠がかかっていなかった、
茶色いスエードの靴があった、伶子の靴だった、
廊下にでると明りがついていた、

奥の洋室を覗いたら、伶子がベッド・カバーの上に倒れていた、
死んでいることは顔色で分った、
だから指一本触れなかった、スラックスを脱がされて、
だから自殺ではなく殺されたのだと思った——。

八木沼はそう話したのだ。

「うむ——」

部長は唸《うな》った。煙草を太い指の間に煙らしたまま、しばらく何も言わなかった。

「上京してから部長が会ったのは、わたしが最初ですか」

「いや、ここへくる前に堤という男に会った。しかし彼は、あまり話したがらなかった。それから相原に会おうと思って電話をしたが、留守だった」

「出かけましょう」

「どこへ?」

「八木沼に会いたくありませんか」

「もちろん会うつもりだ」

「ご案内します」

「案内はいらない。彼の住所は分っている」

「わたしも彼に聞きたいことが残っているんです」

「どんなことだ」

「車の中で話します」

わたしは煙草を揉《も》み消し、腰を上げた。

31

電話で予告するより、ふいに訪ねたほうがいいと思った。留守だったら無駄足になるが已むを得ない。どうせわたしは出かけるので、八木沼がいなければ、ほかへ回って会う奴がいた。三保子にも会って聞きたいことがある。

わたしは車を運転した。目下のところ、わたしが愛しているのはこのよたよたの車だけだ。この忠実な部下に、せめて名前くらいはつけてやろうと思いながら、もう何年も経ってしまった。

助手席の猪股部長は乗り心地が悪そうだ。

「話をつづけてくれ。八木沼のことだ」

部長が言った。

「八木沼は三日に伶子の死体を見つけている。それなのに、彼は翌日オリオン・レコードへ行って、毛利というディレクターに伶子の行方が分らなくて弱ったと話しています」

「なぜだ」

「わたしが話したんじゃない。彼に聞いてください」

「そんな嘘はすぐバレるじゃないか」

「彼はバレないと思っていたのでしょう。嘘をつくときは、たいていバレないと思っている」

「彼が電話で呼ばれた理由もデタラメだな。百万円の金策を頼まれていたのかも知れない。そう思わないか」

「考えられます」

確かに仮説は成立する。瀬尾の恐喝《きようかつ》がからんでくれば尚さら考え得ることがいくつもあった。その一つ——、八木沼は犯行後狼狽《ろうばい》して逃走したが、その際証拠になるような物を現場に残し、それをあとから別荘にきた瀬尾に見つけられたのではないか。

二度にわたる瀬尾の恐喝は未遂に終ったことになっているが、むろん真偽は分らない。最初の恐喝未遂は八木沼が別荘へ行く前日で、従ってそのときは三保子との関係をタネに脅したとみていいが、次ぎに瀬尾が八木沼を訪ねたのは、彼が死体を発見した翌日である。八木沼は彼を追返したと言い、瀬尾も思惑が外れたようなことを言っていた。

果してその通りだろうか。

八木沼と三保子との仲は、瀬尾を八木沼に結びつけた表面上の理由ではないのか。

もし、百万円の金策を伶子が八木沼に相談していたとすれば、その線からも瀬尾の存在が浮かび上ってくる。

またかりに、死体の第一発見者とみられている八木沼が、自分より先に別荘にきた者がいた証拠を見つけ、それが瀬尾の犯行を示す物だったとしたら、恐喝するつもりで八木沼に会った瀬尾の立場は一瞬に逆転しただろう。

八木沼は瀬尾らしい人物に脅迫されたことを認めたが、相手の名は分らないと言った。しかしそのとき、八木沼と瀬尾の間に何らかの取引きが行われた可能性は考えられる。

そしてシャドウの望月は、いずれにしてもツンボ桟敷か。

「きみを殴って気絶させたという奴は分ったのか」

部長がきいた。

「分りました」

「誰だ」

「八木沼に会えば分ります。わたしは殴られたことを彼に話していない。しかし彼はそいつに会っている。わたしが知っている限りでも二度会っています」

「仲間か」

「違うようです」

「なぜ会っているのだ」

「それをこれから八木沼に会って、部長といっしょにじっくり聞くつもりです。中西伶子のおふくろと妹さんは帰京しましたか」

「もう帰ったはずだ。解剖は昨日の午前中に終えて、その後は会っていない」

「伶子の父親は入院している。その話は聞きましたか」

「聞いた。肺ガンで、あと半月か一と月くらいしかもたんそうじゃないか。だから娘が殺されたことも、病院に連絡して、父親に知らせないようにしていた。もし知ったら、一と月もつ命がポックリ逝《い》ってしまうかもしれんだろう。娘を非常に可愛いがっていたそうだ」

部長は、八木沼と中西三保子との関係を知らないらしい。誤りではないが、むしろ伶子との関係には気づいている。

富士マンションに着いた。

階段を二階へ上った。

部長が入口のボタンを押した。

三打点のホーンが鳴った。

八木沼の返事はなかった。

「留守かな」

部長は呟き、またホーンを鳴らした。

留守らしかった。

しかし、廊下に面した浴室の明りがついていた。

わたしは部長に注意した。

部長は何度もホーンを鳴らした。

応えがなかった。

浴室の明りを消し忘れて出かけることはよくあることだ。

しかし、部長は階下に下りて、額のぬけ上った管理人を呼んできた。玄関をあけるように説得したらしい。

「今朝から三度ばかり電話がかかってきて、お留守のようでしたけどね」

管理人は気がすすまぬ様子だった。ホーンを鳴らしてから、わたしの顔を眼鏡越しに眺め、マスター・キーを鍵穴にさした。

ロック・チェーンはかかっていなかった。

管理人がドアをあけた。

玄関に新聞が落ちていた。今日の朝刊だった。

「留守ですか――」

部長は朝刊を拾って、どなるように声をかけたが、すぐに靴《くつ》を脱ぎ、わたしも部長のあとにつづいた。

応接セットを置いた部屋に、一人の男が倒れていた。俯伏《うつぶ》した顔を左にねじまげ、後頭部が割れて、浅葱《あさぎ》色の絨毯《じゅうたん》に血が染みこんでいた。

部長も管理人も、男を見おろしたまましばらく一言も発しなかった。

「八木沼ですか」

部長が管理人にきいた。

管理人は黙って頷いた。口がきけないらしかった。

死んでいることは一見して明らかだった。それもかなり時が経っているようだ。

部長はかがみこんで遺体の手足に触れた。

さほど出血していないようだが、ワイシャツを染めた血は暗褐色《あんかつしょく》に乾いていた。

玄関に落ちていた朝刊に靴あとなどは残っていなかった。

「昨日の夕方はお元気な姿を見ましたけど――」

管理人は部長の問に答えて言った。

玄関ドアの錠はボタン・ロック式で、ボタンを押して外へでれば自動的に錠が締まる。ドアを締めて内部からボタンを押しても同じだった。

犯行に用いたと思われる品は遺体の脇に転がっていた。金属製《アイアン》のゴルフ・クラブだ。

そのクラブは、部屋の隅に立てかけてあるゴルフ・バッグの中からだしたらしく、ヘッドの突き出ているバッグを覗くと、十三本しかなかった。普通は十四本入っている。

犯人が電話をつかったとしてもむろん指紋は消したろうが、部長は室内の電話機に手を触れず、階下の電話で一一〇番に連絡してくれ、と管理人に言った。

管理人が去った。

部長は次ぎの間の寝室を覗き、洋式のトイレットを併設した浴室を覗いた。

浴槽《よくそう》は乾いていた。

どの部屋も電燈《でんとう》をつけ放しだった。

死体現場の部屋に戻った。

「昨日——」部長は言った。「きみがここにきて八木沼に会ったのは何時頃だ」

「やはり今頃です」

「そのとき、おかしな様子はなかったか」

「おかしいといえば全部がおかしい。彼に会ったときのことは、さっき話したとおりです」

「きみは、きみを気絶させた奴のことをまだ話していない。八木沼に会えば分ると言ったのはなぜだ」

「彼に喋らせたかったからです」

「瀬尾という名前を聞いたことがありますか」

「知らんな」

「シャドウで、中西伶子が望月との賭に負けたとき、その場に居合わせた男です。いわば、瀬尾は百万円の賭の立会人だった。そして約束の日に伶子が姿を消すと、望月に頼まれて彼女を探す役を引受けた。彼女を見つけて百万円払わせたら、五十万ずつ山分けという約束です。そこで彼は別荘へ行き、たまたま同じ日に別荘へ行ったわたしとぶつかり、かかり合いを恐れてぼくを殴り倒した」

「しかし、そいつと八木沼とはどういう関係があるのだ」

「八木沼は脅迫されたと言っていた」

「脅迫の理由は？」

「中西夫人との関係を知られたからです」

「中西夫人？　八木沼の相手は娘のほうじゃないのか」

「おそらく両方でしょう。伶子とは一時的だったかも知れないし、八木沼は伶子との仲を否定したが、夫人との仲は認めていた。瀬尾が気づいたのも、夫人との仲だけだった」

「娘は、おふくろと八木沼の仲を知っていただろうか」

「分りません。伶子は死んでしまった」

「瀬尾の商売は何だ」

「私立探偵です」

「きみと同じだな。住所は分ってるか」

部長は瀬尾の住所をメモし、はみだしかけたワイシャツの裾をズボンにたくし込み、ズボンを引上げて「うむ——」と唸《うな》った。

32

パトカーのサイレンが近づき、管理人の案内で警官がまず二人、つづいて所轄署や捜査一課の連中があわただしく駆けつけてきた。

すぐに検証が始まった。

わたしはそのどさくさに紛れた。

富士マンションをでた。

瀬尾の自宅には電話がなかった。

極東人事探偵社に電話をすると、瀬尾は外出中だった。

急用なのでぜひ外出先を知りたいと言ったが、分らないと言う返事だった。

そのうち電話の声が交替して、新橋のポエムという喫茶店へ行けば連絡がとれるだろうと教えてくれた。

ポエムは電話サービスを商売にとりいれて繁昌《はんじょう》している店だった。事務所を持たない各種のブローカーたちのたまり場で、広い店ではないがテーブルごとに電話機を置き、情報の交換や連絡場所として重宝がられている。私書箱も備えてあるし、外からの電話もメモして取次いでくれる。おそらく瀬尾は、ポエムを個人的に引受けた仕事の連絡所にしているのだろう。

わたしはポエムへ行った。

「一時間くらい前までいたんですけどね、また戻ると言って出ていきました」

ボーイの返事だった。

わたしはコーヒーとサンドウィッチを注文した。

待つ間に、シャドウのダイヤルをまわした。

まだ時刻が早かった。誰も電話にでなかった。

瀬尾が戻ったら必ず待っているように、わたしはボーイにメモを渡して店をでた。

望月のアパートには呼出し電話があったが、留守にされていることがある代わりに、だしぬけに訪ねたほうが思わぬ収穫にぶつかることが珍しくなかった。

東中野へ車を走らせた。

モルタル塗りの似たようなアパートが幾棟《いくむね》も建っていて、彼のアパートを見つけるまでにかなり時間をくった。

二階建の小さなアパートだった。

ノックをすると、望月より年上らしい小柄な女が顔をだした。クリップを髪いっぱいに巻きつけて、人の好きそうな女だった。明らかに整形したと分る二重瞼《ふたえまぶた》だが、化粧を落としている割にはきれいな肌をしていた。

しかし美人かどうかは好みによるだろう。

望月は留守だった。

「煙草を買いに出たはずなんですけどね、本屋へ寄ってるのかも知れないわ、望月は漫画が大好きだから」

言われてみると、六畳一間の隅に分厚い漫画の本が何冊も放りだしてあった。子供向け漫画の単行本である
「あんた、望月のお友だち？」

「そうです」

「あたしは初めてね」

「どこかで会ったような気がするけど、思い出せない」

「そうかしら……」

女は本気で考えるふうだった。

「あんたもお勤めですか」

「新宿のペガサスにいるわ。割合上品なキャバレーよ」

「ぼくはそのキャバレーに行ったことがないな。瀬尾さんを知ってますか」

「瀬尾さん？……やはりお友だちなの？」

「みんな仲間です」

「あんたもバーテンをしてるの」

「ええ」

わたしは曖昧に頷いた。

わたしのような男には到底客商売は勤まらないだろう。

望月の昨夜のアリバイをそれとなく聞いたが、女は勤めにでていて、帰宅したのが十二時過ぎだった。望月の帰宅は午前四時頃らしく、日中は揃って部屋にいたようだ。

女は、望月に用があってきたなら聞いておいてもいいが、暇なら上って待っていれば、間もなく彼も戻るだろうと言ってくれた。

しかし、わたしは瀬尾が気になっていた。

「特に用はありません。近くまできたから寄ってみただけです」

わたしはアパートをでた。

望月に出会ったのは、車に戻る途中だった。

かなり驚いた様子で、留守にして済まなかったと言った。

わたしが勝手に訪ねたのだから、謝られる理由はなかった。

立話をするより、駐《と》めたままの車の中で話すことにした。

「昨夜の話に間違いはないだろうな」

「ありません。全部本当です」

「その後瀬尾はこないか」

「来ません」

「電話もないのか」

「一昨日の晩かかってきたきりです」

「おかしいと思わないか。彼は中軽井沢の別荘へ行った。依頼人のきみに、旅費くらいは請求するのが当り前だろう」

「瀬尾さんに会いましたか」

「これから会おうと思っている」

「ぼくのことは喋らないでくれるでしょうね」

「そいつは分らない。きさまたちはお互いに秘密の約束を破っている。喋ったことが分っても、瀬尾が文句を言う筋合いはないはずだ。びくびくすることはない。そんなことより、八木沼という男を知らないか。伶子にピアノを教え、レコード会社へ売込んだマネージャーだ」

「知りません」

「八木沼はシャドウへ行ったことがあると言っている」

「さあ？　……」

憶えていないようだった。とぼけている顔ではなかった。しかし、わたしはどのような顔つきも信じなかった。

八木沼の風貌《ふうぼう》を説明した。

「そういえば——」望月はおぼろげに思い出したように言った。「伶子さんと一緒にお見えになったような気がします」

「そのときの彼の様子を思い出してくれ」

八木沼は一度だけシャドウへ行ったが、感じの悪い店だったと言っている。

「ムッツとしていて、あまり口をきかなかったと思います」

「伶子と二人きりできたのか」

「……ほかにもつれがいたと思いますが、よく憶えていません」

「それはいつ頃だ」

「大分前になります、二ヵ月か三ヵ月くらい」

「そのとき、瀬尾がきてなかったか」

「さあ……、瀬尾さんは滅多にこないし、そのとき来ていたとしても、ほかの人とは話なんかしなかったと思います」

「二週間前、瀬尾は偶然ここにきていて百万円のギャンブルの立会人になった。それから一週間後にまた現れて、伶子の行方を調査する仕事を引受けたことになっている。しかしその一週間の間に、彼がきさまをヌキにして、伶子に会っていたということは考えられないか」

「何のためにですか」

「金が欲しいからさ。法律的にみると、あんな博奕《ばくち》で負けた金などは払う義務がない。かりに裁判に持込んだってビタ一文とれない金だ。伶子は知らなかったろうが、瀬尾ならそういうことに詳しい。だからきさまに内緒で伶子に会い、例えば瀬尾に任せれば半額の五十万円でケリをつけてやるとか、あるいはそれを小刻みにして、毎月十万の月賦払いでいいなどという話し合いをしたかも知れない」

「ほんとにそんなことをしたんですか」

「そうじゃない。おれは想像を話しているだけだ」

「ぼくは何も知らなかった」

「瀬尾に会いたいんだが、会えそうな所を知らないか。会社にはいったん顔をだしたらしい」

「だったら新橋にポエムという喫茶店があります」

「ポエムは覗いてきたばかりだ」

「それじゃ知りませんね。仕事で飛び回っているんでしょう」

「彼には飛び回るほど忙しい仕事があるのか。暇だから着手金も貰えぬ仕事を引受けて、軽井沢へ行ったんじゃないのか」

「しかし五十万になると思えば——」

望月はあとの言葉を濁した。出会ったときから固くなっていて、慎重に言葉を選んで答えながら、つい口が滑ったという様子だった。

「五十万円になると思えば、きさまだって軽井沢まで無駄足する気になったろうな」

「とんでもありません。ぼくはずっと東京にいた。伶子さんは払うと言ったけど、ぼくはそれほど当てにしていなかった。本当です」

狭い車内で、彼はかきくどくようにいっしんに言った。

「昨日はどうしていた」

「どうしていたって？」

「アリバイだよ」

「また何かあったんですか」

「人が殺された」

「瀬尾さんですか」

「瀬尾が殺されたなら、どうしておれが彼に会いたがっているんだ」

「そうですね」

「なぜ瀬尾が殺されたと思った」

「……何となくです」

「人は何となく殺されるものではない」

「……瀬尾さんは探偵だから、ことによると伶子さんを殺した犯人を見つけて、その犯人から金を脅し取ろうとして反対に殺されたのかも知れない、そう思ったんです」

「きさまが思ったのは逆じゃないのか。瀬尾が伶子を殺し、それがある人物にバレそうになったので、そいつの口をふさぐために殺したと思ったのだろう」

「…………」

望月は答えられなかった。

「とにかく昨日のアリバイを聞こう」

「昼間は家にいました。それから夕方店にでて、全然よそへ行きません。ちゃんと証人がいます。昨日の晩ぼくが店にいたことはマダムやお客さんが知ってるし、あんたに呼び出されてお寺の境内で話したのも昨夜だった。あれから、ぼくはすぐ店に戻りました」

「きさまの留守を訪ねたが、アパートにいた女は女房か」

「いえ、あれは女房なんてものじゃありません」

「それでは何だ」

「一緒にいるだけです」

「女房というのは、たいてい一緒にいるだけだろう」

「でも、あれは女房じゃないんです。家出した亭主を北海道から探しにきて、そのうち亭主も見つからないし、何となく北海道へ帰るのが厭《いや》になって、ぼくと一緒に住むようになっただけです。もうじき別れようかと思ってます」

別れようが別れまいが、わたしにはどっちでもよかった。

彼はしきりに誰が殺されたのか知りたがったが、わたしは教えないで、北海道の女が待っているアパートへ帰らせた。

33

わたしはポエムに戻った。

瀬尾は戻っていなかった。

ボーイに聞くと、その後彼から連絡はないという。

しかしわたしがコーヒーを頼んで待っている間に、瀬尾が疲れたような顔をして現れ、わたしを見ると眼をそらそうとした。

彼を誘って外へでた。

「どこへ行ってたんだ」

「パチンコさ」

「儲かったかい」

「儲かるもんか。あんなのは暇つぶしだ。ツイてないときは何をやってもツカない。たちまち千円すっちまった」

彼はふくれっつらでぼやいた。

新橋駅西口の、駅前広場のベンチに腰をかけた。

近くのベンチに、浮浪者ふうの男が寝そべっていた。花壇の縁石に腰かけ、のんきそうに新聞を読んでいる者もいた。

「昨日は、おれと別れてから忙しかったか」

わたしはベンチに凭《もた》れ、瀬尾の顔を見ないでさりげなく言った。

「忙しいわけがねえだろう。子供を風呂へつれていって、帰ってきたら飯だ」

「飯のあとは？」

「家にいたさ」

「どこへも出なかったか」

「なぜそんなことをきくんだ」

「とにかく答えてくれ」

「おれを疑うのはいい加減にしてくれないか。あんたを殴ったのは悪かった。おれはちゃんと謝った。そして何もかも正直に喋ったじゃないか」

「あれが正直な話か」

わたしは彼を見た。

彼はわたしの視線に耐えようとしたが、ついに眼をそらした。

わたしは黙っていた。

嘘がバレたことくらいは、彼も気づいたはずだった。

彼は沈黙にも耐えられなかった。

「許してくれよ。決して悪気《わるぎ》があったわけじゃない。かかり合いになりたくなかったんだ」

「かかり合いが厭なら、なぜ軽井沢へ行った。おれを殴ったことなどはどうでもいい。それ以前のことをきいている。あんたは伶子を知らないと言った、それがまず嘘だ。依頼人の名を言い渋った理由も分っている」

「望月に会ったのか」

「当り前だろう。そのために彼の名を聞いた。彼はあんたより正直だった。あんたは口止めしたつもりで、かえって怯えさせてしまった。別荘へ行かなかったなどと、彼にまで嘘をついたのがいけない。伶子が死んだニュースを聞いて、あんたが殺《や》ったと思ったらしい。刑事がその話を聞けば、やはりそう思うだろう。おれだってそう思った」

「弱ったな。ほんとうに弱ったぜ。どうしたらいいだろう」

「どう仕様もなければ自首するんだな。ちょうど軽井沢から刑事がきている」

「…………」

瀬尾はさすがに顔色を変えた。

「望月に会ったときは、同業の誼《よしみ》であんたの名を出さなかった。しかし殺し屋と同業にされたくはない」

「待ってくれ。今度こそ正直に話す。もう一度きいてくれ」

彼は体を向け、身についた横柄さは直らないが、真剣に話しだした。

しかし喋った内容は、賭についても調査を頼まれた経緯《いきさつ》も、すでに望月から聞いたことばかりだった。

「それにしても五十万とはボロい仕事だな」

わたしは言った。

「そっくり入れば確かにボロいが、あの女に百万の都合がつくとはおれだって思っていなかった。賭そのものがおかしな具合で、冗談でごまかしてしまえばいいのに、彼女が自分から本気になって、望月がライターをつけている途中で何度も〝冗談じゃないのよ〟って念を押したんだ。それで引っ込みがつかなくなったのだろうが、もし望月がミスしたら、あいつは小指を切り落とされたかも知れない。だいたい賭事が好きな女で、シャドウにきても相手さえあればダイスをやっていたそうだ。もっとも、ダイスのほうはせいぜい一万円どまりの賭だったらしいが」

「しかし金の払いは、きさまらが必らず払えというように仕向けたんじゃないのか」

「違う。本当に女から言いだしたんだ。おれたちはびっくりして、顔を見合わせたくらいだった」

「彼女は払える当てがあったのか」

「それはどうか知らない。家が金持らしいし、とにかく払えると思ったのだろう。一週間の期限をきったのも彼女だった」

「その一週間の期限前に、あんたは彼女に会わなかったか」

「どうして会う理由があるんだ。おれはほかの仕事で忙しかった」

「八木沼に会ったわけを聞こう」

「昨日と同じことを話すのか」

「望月について、きさまは違った話をしたばかりだ。八木沼についても、昨日と違う話ができるはずだ」

「すっかり疑われるようになってしまったな。疑われても仕様がねえことは認めるが、ちっとばかり金が欲しかったのさ。このところずっと不景気で、おれは好きな酒もろくに飲めなかったし、家に帰れば女房が文句たらたらだ。伶子の金は大きかったが、当てにはできない。そんなときに八木沼と三保子ができてると分った。それで少しばかり小遣いを稼がせてもらおうと思った。結果は昨日話したように、とんだ当てはずれだった」

「それほど金が欲しかったなら、どうして三保子も脅してみなかったのだ。尾行をつづけるために顔を知られたくなかったというが、電話で脅してみる手もあったはずだし、どうせ伶子のほうの金は当てにできないと思っていたのだろう。八木沼を脅せば、当然その話が三保子に通じることも知っていたはずだ」

「八木沼の話を聞いたら、三保子も駄目だということが分ったのさ。あの女の亭主はガンで死にかけているっていうじゃないか。おそらく、あの女はそんな亭主に浮気を知られたって平気だろう。おれだって、今にも死にそうな亭主に女房の浮気をバラすなんて仕事はごめんだ。おれにも良心てえものがある」

「良心か」

わたしは笑った。

瀬尾は笑わなかった。

「あんたは八木沼に会ったが、二度ともツイていなかったと言った。あれはどういう意味だ。昨日初めは三保子との関係をネタに脅し損ったのかも知れない。しかし二度目はどうなんだ。昨日彼の部屋を訪ねたときは、その前に会ったときと違って伶子の死体を見たあとだった。一度会って駄目と分ったのに、また会いに行ったのは新しいネタを見つけたからだろう。それを言え」

「言ったって仕様がない。どうせ何にもならなかった話だ」

「別荘へ行ったとき、何か見つけたんだな」

「八木沼に聞いたのか」

「聞かなくても見当がつく。八木沼は、その前の日に別荘へ行っている」

「そうか、……おれはドジばかり踏んでいる」

「そのドジを話してくれ」

「信じてくれるか」

「聞いてから考える。今度デタラメを言ったら承知しない」

「信じてくれ。一昨日、おれが別荘へ行ったときの様子はあんたに話したとおりだ。これっぽちの嘘もついていない。ただ、おれは死体を見つけたとき、金鎖《きんぐさり》がベッドの下に落ちていたことを言わなかった。ペンダントやネックレスに使う小さな金の輪をつないだやつさ。まるくなっているはずの繫《つな》ぎ目がちぎれていて、女が殺されるとき抵抗してちぎれたのかとおれは思った。


ところが、殺された女はちゃんと金のネックレスをしていた。落ちていたのは殺された女の物ではない。おれはすぐに八木沼を思い出した。別荘へ行く前に会ったとき、あの野郎はキザなワイシャツの首にペンダントを吊るしていた。吊るした先に何がぶらさがっていたかワイシャツに隠れて見えなかったが、金ピカの鎖は襟《えり》の間から覗いていた」

「それで翌る日、別荘で見つけた金の鎖を持って、また八木沼を脅しに行ったのか」

「脅しに行ったわけじゃない。おれは確かめたかっただけだ。もしあいつが犯人と分ったら、警察へ引っぱって行くつもりだった」

「しかし追返されたらしいじゃないか」

「一杯くわされたんだ。あいつは相変らずペンダントの鎖を覗かせていた。金の鎖だが、おれが見つけたのより少し太くて、別荘へは行かなかったと言った。あんな鎖はどこでだって買える。あいつはおれを騙《だま》した上、逆に、おれが殺《や》ったんだろうなんて脅しやがった。ベッドの下に落ちていた金鎖は、やはり八木沼の物に違いない」

「その鎖はどうした」

「捨てるのはもったいないし、うっかり持っていて女房に見つかったらうるさい。会社の机に放りこんである」

「八木沼が殺ったと思うか」

「ほかにくさい奴はいない」

「それじゃ、もう一度彼に会ってみるか」

「かかり合いはごめんだが、こうなったら仕様がないだろう。あんたが一緒にきてくれるなら、おれも行く」

瀬尾の話は、今度こそ嘘ではなさそうだった。八木沼が殺されたことを知らないらしい。

駅前広場は閑散としていた。周囲の飲食店街も、まだ客を迎えるには早い。浮浪者ふうの男はよく眠っているようだ。身動きひとつしない。

新聞紙が風に吹かれ、駅のアナウンスが聞えた。

敗戦後しばらく、この辺はブラック・マーケットの中心地だった。すっかり変ってしまったが、これからももっと変わるだろう。

そんなことを考えていたわけではないが、わたしはぼんやりしていたらしい。

「どうしたんだ、行かないのか」

瀬尾が言った。

「――――」

わたしは黙って立上った。腰が重かった。

車をとめた場所が離れていた。

「戦時中、あんたは何をしていたんだ」

わたしは歩きながらきいた。

「兵隊さ。何人も殺したが、何度も殺されそうになった。どうして急にそんなことをきくんだ」

「人を殺すときの気持を聞きたかった」

「厭なものさ。豚を殺すのでも厭な気がしたからな」

「八木沼が殺されたよ」

「え？　――」

瀬尾は聞き違えたと思ったらしかった。

「八木沼が殺された。多分昨日の晩だろう、ゴルフのクラブで頭を殴られた。死体を見たければ、富士マンションへ行くと軽井沢署の刑事もきている」

「誰が殺ったんだ」

「中西伶子を殺した犯人と同じだろう」

「――」

彼の足が止まったようだった。

わたしは歩きつづけた。

彼はついてこなかった。

34

電話をしてから、中西家へ車を走らせた。

三保子が玄関に迎えた。

理江は犬をつれて買物にでたという。

応接間に通された。

三保子はさすがに窶《やつ》れた様子だった。地味なきものを着て、顔色も暗かった。

わたしは型通りの悔みを述べた。

三保子の応えも型通りだった。

「今日お帰りですか」

わたしは早速用件に入らねばならなかった。

「理江は昨日帰りましたけど、あたしは警察の方に引止められて、ほかに用事もあったものですから」

「伶子さんが帰宅されなかった最初の日、おくさんは車のことでお叱りになりましたね。百万円以上もする車を半年足らずで買い替えるのは確かに贅沢でしょう。伶子さんが新たに買い替えたいというオペルは百六十万円を越える。しかしおくさんは、それが不満で家出したとは考えられないとおっしゃった。その次ぎにぼくが伺ったときは、新しい車が欲しくて拗ねていると思っていたとおっしゃった。伶子さんが亡くなられたお報らせを持って伺ったときのことです。

現在はどうお考えですか」

「…………」

「ぼくは自分で考えたことを言います。おくさんは、伶子さんが家出した理由をご存じだったはずだ。だから四日も帰らないのに放っておいた。帰らない理由は新しい車を欲しいから、それでおくさんを心配させるためにわざと車を置去りにした。そのこともおくさんはご存じだった。だからあまり心配しなかった。

しかし、四日も帰らなければ心配せずにいられない。せっかくレコードの評判がよくて、テレビ出演の交渉もすすんでいた。その大事なときに四日も帰らず、一方では変な男の電話が毎日かかるようになった。おくさんがようやく心配しだして、岡田弁護士に相談されたのは失踪《しっそう》後五日目です」

「…………」

三保子は俯いていた。わたしの話を聞いているのか聞いていないのか、膝に置いた手をじっと見つめている。細くしなやかそうな指だ、左の薬指には初めて会ったときと同じ翡翠《ひすい》の指輪、真珠色のマニキュアが美しく光り、娘が死んでも爪の手入れを怠らない母親だった。

「伶子さんが作詞されたのは、最近吹込んだ一作だけですか」

わたしは続けてきいた。

作曲は一応の音楽知識が必要だろうし、そう誰にでもできることではない。しかし作詞なら、あの歌詞をつくったほどなら、作詞ノートくらいはあるはずだった。詩集を編むほどの意欲はなくても、好きな詩人の詩にならって、あるいは好きな歌詞に影響されて、感傷的になりやすい年頃の少女たちは、そういう類のノートを大切に秘めていることがよくある。伶子が最後に吹き込んだ歌は、そういうノートから選んだものではないのか。

「どうしてそんなことをおききになるの」

三保子は放心から覚めたように顔を上げた。

「ぼくには、伶子さんがあの歌詞をつくったと思えないんです。本当のことを知りたい」

「本当のことを知って何になるのかしら。伶子は死んでしまったわ」

「しかし病気で亡くなったのではない」

「あたしには同じことだわ。あれは理江がつくったのよ。理江は文学青年だった主人に似て文学少女だから、そんなノートがいくつもあるらしいわ」

「作曲も理江さんですか」

「ええ……」

三保子は頷いた。

伶子が相原にピアノを習っていた頃、もちろん楽譜の勉強もさせられ、そのとき理江も一緒にいて真似事程度の作曲を覚えたのである。

そして、いたずらに弾いていた理江の曲を伶子が気に入り、伶子の作詞作曲ということにしたのだという。

「だってそのほうがマスコミにうけるし、理江も喜んであの歌を伶子にあげたのよ。理江は、伶子のためならどんなことでもする姉想いで、今度の事件では、理江がいちばんショックを受けてるようだわ」

「あの歌詞の内容は理江さんの経験でしょうか」

「失恋のことを言ってるのね」

「そうです」

「もちろんデタラメよ。伶子にノートを見られたときは顔を赤くしたそうですけど、理江には恋愛なんかできないわ」

「そういえば、理江さんは全然お化粧をしませんね。化粧しなくても美しいが、化粧すればもっと美しくなるでしょう」

「理江はアレルギー体質なのよ。だからお化粧は殆ど駄目らしくて、クリームだってよほど気をつけないと肌が荒れるらしいわ」

いつか、栄養クリームをつかって、ひどい皮膚炎にかかったことがあるという。

「ご主人のお体はいかがですか」

わたしは玄関へ送られながら儀礼的にきいた。

「お医者さまには諦めるように言われています。伶子のことは知らせていません」

三保子の声は、重く、暗かった。

このいつまでも美しさを失わぬ女は、自分以外のことを何ひとつ分ろうとしない。自己中心的で、そのために鈍感になっている。悲劇を観れば涙を流すだろうが、例えばその原因が自分にあったとしても、そういうことには全く気づかないでいられる幸福な女だ。

彼女が打沈んでいるのは自分の不幸を嘆くためで、無残な死をとげた娘のためではなかろう。長年つれ添った夫が、病床で死に臨みながら何を思い、どれほどの人生の苦味《にがみ》を味わったか想像したこともあるまい。

「ところで――」

わたしは靴を履《は》き終えて言った。

「八木沼淳二が死にました。ご存じですか」

「八木沼さんが？――」

「そうです。ぼくは死体を見てきました。殺されたようです」

「………」

三保子の顔がひきつったように醜く歪んだ。

わたしは玄関をでた。

植込みの紅薔薇《べにばら》が咲競っていた。血のような真紅だった。しかし地に落ちた一片の花びらは、悲しみの色だったかも知れない。

八木沼の死を知らせたのは多分余計なことだったろう。

しかしそれは、もう二度と会うことはあるまい彼女への不要な贈物、あるいは一種の捨台詞《すてぜりふ》だった。

35

わたしは南部坂を歩いて下りた。

マーケットを探したが、理江の姿は見えなかった。

犬と一緒なら公園にいるかも知れない。

有栖川宮記念公園に入った。

蓮《はす》の葉の浮いている池で、子供たちが釣をしたり、ザリガニを捕えたりしていた。犬をつれて走り回っている子供らもいた。

池のほとりを迂回《うかい》して熊笹《くまざさ》にせばめられた坂道を上った。椎《しい》や欅《けやき》や、楢《なら》や櫟《くぬぎ》などが多く、青い葉を繁らせていた。

上りつめると小さな広場があって、少年たちがキャッチボールをしていた。

広場の隅の石碑には、

『この一帯は盛岡藩主南部美濃守の下屋敷であったが明治二十九年有栖川宮家の御用地となり……云々《うんぬん》』

という由緒《ゆいしょ》が刻まれていた。

コースを変えて雑木林の小径《こみち》を降った。

枯れつくした藤棚《ふじだな》の近くに、理江が老犬ベルと話しこむように蹈《かが》んでいた。

わたしが声をかけるより先に、彼女が気づいて腰をあげた。

「散歩ですか」

「ええ、買物にでたんですけど、寄り道をしてしまいました」

理江は右手にマーケットの紙袋を提げていた。

わたしたちはそれっきり黙ってしまい、しばらく池のほうを眺めていた。

しかし、わたしは話さなければならなかった。

「八木沼の死体が見つかりました。軽井沢署の刑事がきて、ぼくと一緒に彼の部屋へ行って見つけたのです」

「………」

理江は答えなかった。

わたしは答を期待しなかった。

「あなたは会ったことがないでしょうが、瀬尾という男がいます。彼は、伶子さんが望月というバーテンと百万円の賭をして負けたときその場にいた。そして伶子さんを探すために中軽井沢の別荘へ行って死体を見つけ、そのとき、ベッドの下に落ちていた金のネックレスを持帰った。彼は八木沼が金鎖のペンダントをしていたことを憶えていて、八木沼が落としたと思ったのです」

わたしはまた黙った。

話す必要はなかった。

――瀬尾は思い違いをして八木沼を脅そうとした。

瀬尾は追返され、すごすごと引揚げた。

しかし、八木沼はそのネックレスから別のことを考えついたに違いない。そのネックレスは瀬尾が想像したように犯人の落としていったものだが、それが誰だったかを考え、その使用目的を推理したに違いない。

九月四日――八木沼が別荘へ行くと昼間なのに明りが点《とも》っていた。それは犯行時刻をズラすため、少くとも前日の夜殺されたと見せかけるためのトリックだった。前日の午後一時すぎ頃は、八木沼は伶子の声を電話で聞いている。

それに、犯人はアリバイ・トリックと同時に、自分が別荘へ行ったことを知られぬために伶子を装う必要があったろう。

犯人はショート・カットの髪を隠すために麦藁帽子を用意した。白いセーターにオレンジ色のスラックスという派手な服装は憶えられやすい一方、目立つ部分が拡大されて細かい点が見逃がされ、簡単に同一人物と信じられやすい。

犯人は東京を発つ前に伶子と同じ服装を整え、黒のショウルダー・バッグをさげ、金のネックレスをつけることも忘れなかった。そして外国の映画女優を真似たような化粧をした。その変装が軽井沢でタクシーを拾うまでのいつ行われたかは分らない。

とにかく犯人は旧軽井沢で遊んだ帰りのふりをして、駅前で客を待っているタクシーを使わずに、わざわざ国道の交叉点にさしかかったタクシーを拾って別荘へ行った。

タクシーを利用した順を辿ると、九月二日に中軽井沢駅前から若い運転手のタクシーに乗って、グランド・モテルの前で下車したのは確かに伶子である。そのときの彼女は麦藁帽子をかぶっていなかったし、モテルのスナックで軽い食事をして、翌朝も午前十時ごろ同じスナックでチーズ・サンドを食べコーヒーを飲んでいる。

しかし九月三日の正午前に、新軽井沢の国道交叉点で浦部運転手のタクシーを拾ったのは本物の伶子ではない。麦藁帽子をかぶり、巧みに姿を変えた別人だった。だから彼女は本物の伶子に出迎えられることを警戒し、坂道の途中で下車している。

そして同じ日の午後三時すぎに、新軽井沢の太陽タクシーを電話で呼んだのも別人に違いない。軽井沢駅へ行くなら中軽井沢か信濃追分駅前のタクシーを呼んだほうが早いのに、そうしなかったのは台数の少い中軽井沢や信濃追分駅前のタクシーは夏の間よく利用するので、運転手に顔を知られているからだ。

また鶴野屋の赤電話を利用したのは、自宅の電話機に指紋を残さぬため、伶子の指紋がついたままにしておくためであり、さらには鶴野屋のおかみに伶子がまだ生きていることを錯覚させるためだったろう。彼女は鶴野屋の赤電話で太陽タクシーを呼んだに違いないし、せっかく呼んだタクシーをすっぽかしたのは、麦藁帽子を持ち去ってはまずいと気づき別荘へ置きに戻ったせいと考えられる。

あとはスカーフをかぶって髪をごまかし、服装なども目立たぬように変えてバスで帰ったほうがよかったはずだ。

犯行は伶子が八木沼に電話をかけた直後とみてもいいし、あるいは、姉妹の声は似ているから、八木沼への電話も理江がかけたのかも知れない。

とまれ彼女は伶子を殺し、男の犯行と見せかけるためにスラックスを脱がせたのだ。

ふだん化粧をしない彼女が伶子に似せるために化粧したことは、わたしが中西家を訪ねて初めて会ったときに気づいた、かぶれたように荒れていた唇が証明している。アレルギー体質の彼女は、化粧品に注意したつもりだろうが、口紅で唇がかぶれてしまったに違いない。

そして、彼女の犯行を示す決定的な証拠が、抵抗されたときベッドの下にちぎれ落ちたネックレスだったろう。

以上のような推理は、あまりに職業的なわたしの悪夢かも知れぬ。わたしは彼女を責める理由を持っていない。彼女が姉を殺した理由さえ分っていない。

しかし八木沼はどうか。犯行の詳細は分らぬとしても、金のネックレスを瀬尾に見せられたとき、それが変装用に使われたことに気づいたのではないか。そして軽井沢からかけてきた伶子の電話が、実は理江の声だったことも気づいたのではないか。

いったん疑われたら、アリバイなどはクリスマス・ケーキのように崩れやすいものだ。

彼女は美術学校の聴講生として週に一、二度通学しているが、通学のふりをして別荘へ行ってくることは難事ではない。八時四十五分発の急行で上野駅を発てば、正午前に軽井沢駅に着く。そして午後三時には中軽井沢駅を発つ上り急行があり、日没前に帰京できる。犯行に要する時間は充分であろう。

変装に用いたセーターやスラックスは、伶子がステージ用に同じものを何着も持っていたはずで、理江があらためて整える必要はなかったろうし、犯行後はもとの場所へ戻しておけばいい。

もし八木沼が理江を疑わなかったら、その疑いを彼女に話さなかったら殺されずに済んだはずである。

三保子によれば、理江は一足さきに昨日帰宅したという。しかし昨日、わたしは夜の十時すぎまで三度電話をしたが、理江は電話口にでなかった……。

ベルが前脚を突っ張って、大きな欠伸《あくび》をした。いかにも退屈そうだ。

公園は黄昏《たそがれ》が近づき、池のまわりの子供たちも次第に少くなっていった。

蜩《ひぐらし》が、遠く近く、呼び交《か》うように啼《な》きつづけている。

理江は何も考えずに、じっと蜩の声を聞いているようだった。

長い沈黙がつづいた。

わたしは立去りかねているだけだった。もはや彼女の告白を聞く気はなくなっていた。

しかし彼女はポツンと言った。まるで、水面に小石を投げたように——。

「あたしは憎かったのです」

「何が？——」何が憎かったのか、わたしは思わず聞返した。

「みんなです。父も母も姉も、八木沼さんも相原さんもみんな憎かった……」

殆ど独り言のように、彼女は池のほうを眺めながらつづけた。

——伶子が百万円の賭をして負けたことは、伶子に聞かされて知っていた。

いくらわがままでも、そんな話は伶子も母に言えない、母に話せば、母は弁護士に相談するだろう、意地っ張りで見栄坊な伶子の面目がまるつぶれになる。

伶子が困ったときの相談相手はいつも理江だった。伶子にとって、何らかの利用価値があるときしか理江は存在しない。幼い頃から、理江は伶子の奴隷《どれい》になるように育てられ、伶子が悪いことをしたときの責任までつねに理江に押しつけられた。

理江はそんな自分に馴らされた。父も母も伶子の味方だったし、理江自身、伶子に反抗することなどは考えもしなかった。そして、奔放に行動できる伶子を羨しく思い、時には憧れてさえいた。

車を買い替えるという口実で、母から金を引出す案を考えだしたのは伶子自身だが、最初から母に反対され、何度頼んでも同じだった。

三保子にすれば、伶子のわがままを容れてやりたくても家計が許さなかったろう。

「……それで、家出のふりをしたら母が慌てて金をだす、あたしは伶子にそう言ってやったわ。母を本気で心配させるため車を置去りにするように言ったのもあたし、そして二、三日別荘に隠れていれば、その間に、伶子がヤクザに脅迫されていたという話を母に信じこませ、母が心配して百万円都合したら、あたしが伶子に連絡することになっていたわ……」

それまでは電話がかかっても絶対に受話器をとらぬこと、

理江が連絡するときは、三分おきに三回ずつベルを鳴らすから、その三回目は理江からの電話と思って受話器をとればいい、

「……でも、あたしは脅迫されていたなんて話を母にしなかったし、伶子に電話もしなかった。その代わり自分で別荘へ行ったわ」

「最初からそうする計画だったんですか」

「そうね。あたしは母と八木沼さんの関係を知っていた。八木沼さんが本当に好きなのは伶子だということも知っていた。だから伶子のふりをして電話で誘えば、八木沼さんは必ず母に内緒で別荘にくると思ったわ」

「それは八木沼に復讐《ふくしゅう》するためですか、お母さんへの復讐ですか」

「両方です、あたしはみんな憎かった、父も母も――」

「それから相原さんも、と言いましたね」

「――」

理江はふたたび黙ってしまった。

彼女は相原を愛したのだ。生れて初めて真剣な恋だったかもしれない。しかしその恋は短かった。相原の心は伶子に奪われ、おそらくそのときから理江の心に憎しみが芽生えたのだろう。あの相原への失意をうたった歌詞と作曲を伶子に譲ったのは表面上だけのことで、理江の内部では憎しみが育《はぐく》まれ、ひそかに生長をつづけ、伶子が無謀な賭に敗れたことを知ったとき、復讐のチャンスがきたと思ったのではないか。幼い頃から、伶子は理江の愛の対象のすべてを、夢までも無惨に打砕いてきた女だったのだ。

すでに姉への憎しみは、烈しい殺意に変貌《へんぼう》していたに違いない。

しかし、犯行現場に落ちていたネックレスのために彼女は八木沼の疑いを招いてしまった。母より一日早く帰宅した彼女は、八木沼にネックレスのことを電話で聞かされたのかも知れない。どのように聞かされ、あるいは脅迫されたかどうか、その間《かん》の経緯《いきさつ》は彼女が告白しない限り、わたしは想像する以外にない。

とまれ彼女が八木沼に呼ばれ、彼の部屋を訪ねたことは確かだろう。

そして八木沼の隙をみて、部屋の隅にあったゴルフ・バッグからクラブをぬき取り、金属製のヘッドで一気に殴り殺したのだ。むろん彼の口をふさぐために、それに憎んでもいたのだから……。

理江は黙りつづけている。何を考えているのかわからない。

しかし、犯行の詳細を聞いてそれが今さら何になるか。麦藁帽子をどこで買い求め、伶子を絞殺した際の紐はどう始末したかなどということを聞きだして、それが今さら何の役に立つだろう。

彼女の沈黙は犯罪の重味に耐えているようだ。

わたしもまた口を噤んだ。互いに沈黙しながら、わたしは彼女の告白を静かに聞いている気がしていた。

老いた犬まで、彼女の告白に耳を傾けるようにじっと動かない。

淡い夕映えの空を残して、あたりはとっぷりと昏《く》れた。

もう池の面《おもて》もさだかではない。子供らはみんな帰ってしまった。

「どうぞ、お帰りなさい」

わたしは言った。ほかに言葉を知らなかった。

理江は僅かに頷いた。しかし何処へ帰るのか。

わたしは、いったい何処へ帰れと言うつもりだったのか。

警察はすでに瀬尾を調べ始めているだろう。当然ネックレスが浮かび、理江が追求されることは明らかだった。

理江は分っているに違いない。わたしの言葉に対して、理江が頷いたのはそれが分ったしるしだろう。

彼女には帰る所などありはしない。

しかし彼女は小径を降り、老いた犬といっしょに、楡《にれ》の木蔭《こかげ》をまわって消えていった。

わたしは立たされ坊主のように取残された。蜩が啼きつづけ、夕映えの空がぐんぐん昏れてゆく。

理江が去ったあとに、わたしの耳には一つの歌が聞えている。それは伶子の声か理江の声か分らない。

『……
でも
あたしはもう泣いていない
風に吹かれ
枯葉のように
公園には誰もいない……』

密室の惨劇

密室の死体

警視庁広報課の宿直員が、記者クラブへ事件を知らせに来たのは午前二時すぎだった。

「大塚署管内で殺しがありましたよ。一一〇番への知らせで、まだくわしいことはわからないんだが……。」

現場は文京区小日向台町三の××。早川染料重役早川清二郎氏宅。被害者はその妻である。

記者クラブの宿直は毎朝新聞の長島良三だった。現場の住所をメモすると、捜査一課の刑事たちのあとを追いかけるようにくるまを飛ばした。

現場付近は、すでに新聞記者や、やじうまを入れないように、ナワを張りめぐらしてあった。

「本庁から来ました。」

長島は張り番に立っている巡査に頭を下げて、ナワをくぐった。彼がいつも使っている手だった。

本庁から来た、と言っただけで、本庁の刑事だと言ったわけではない。彼はウソをついたのではないから、勝手に彼を刑事だと思って通した巡査が間抜けなのだ。

長島の顔見知りの刑事に見つからぬように注意しながら、家の中へ入っていった。

現場はひどいものだった。

早川清二郎氏の妻の好子さんは、階下六畳間の、庭に面した畳の上にあおむけになって倒れていた。右の胸からわき腹にかけて、血の色で真っ赤である。

刑事たちは現場の検証に懸命で、長島が潜り込んだことに気がつかない。

被害者の夫、早川氏が捜査一課の築山警部補に尋問されていた。

長島は尋問の内容を聞こうとして近づいた。顔をあげた築山警部補に見つかったのは、そのときだった。

「駄目じゃないか、入って来ては。どこから潜り込んだんだ。」

警部補の目は険しかった。

「親切なおまわりさんがいましてね。どうぞと言ってくれましたよ。」

長島は笑顔で言ったが、追い出されることはわかっていた。

表へ出ると、大塚署づめの福島記者の姿が見えた。

「情報《ネタ》がとれたかい。」

長島は福島の痩せた肩を叩いて言った。

「どうも夫の早川がくさいらしいよ。」

福島は、だいぶ聞き込んでいる様子だった。

「話してくれ。僕は着いたばかりなんだ。」

「宴会で遅くなって、早川が家に帰ったのは夜中の一時頃だったそうだ。ところが、玄関の戸を叩いても妻君が起きてこない。おかしいと思って勝手口に廻り、同じようにノックしたが、何の返事もないし、カギもかかっている。そこで早川は三十分ばかり散歩をして、もう一度帰って戸を叩いた。それでも返事がないので、何かあったのかと思い、一一〇番へ電話をしたと言うんだ。」

「その話のどこがくさいのかね。」

「いつもなら、玄関の戸をたたくと同時に、大きな声で奥さんを呼ぶ。それなのに、今日に限って戸を叩いただけだ。近所の人は早川の声を聞いていない。真夜中に三十分以上も散歩したのも変だが、もっとおかしいのは、玄関や勝手口はもちろん、廊下の雨戸から二階の窓まで、全部カギがかかっていて、犯人の出入り口が見つからないことだ。」

「密室の殺人か。」

「そうなんだよ。勝手口のカギは外からも内側からも同じようにかかるから、このカギを持っていた奴が犯人ということになる。そうすると、どうも早川がくさいじゃないか。」

福島は、自信がありそうに言った。

そこへ、いつのまにか来ていたのか、キャップの桜井が顔を出した。

「昨夜、被害者《ガイシャ》の家に客があったらしいぜ。門を出ていく男の姿を見た者がいる。」

桜井は、目を輝かせて言った。

夜の来訪者

本社へ事件の第一報をおくったのが三時半、都内最終版の締め切りに、ギリギリの時間だった。

昨夜十時ごろ、被害者の家から出てくる男を見たというのは、隣家の女中だった。暗かったし、顔をはっきり見たわけでもないが、小太りの若い男だったように思う、と言った。

被害者宅の家庭事情や、昨夜の来訪者について、近所の人々から聞き込みを続けている間に、夜はすっかり明けた。長島はついに一睡もしなかった。

午前八時になって、ようやく捜査一課長の発表があった。新聞記者嫌いで有名な一課長を、キャップの桜井が口説き落としたのだ。各社から集まった記者たちは、大塚署の捜査係室に通された。

発表は簡単なものだった。被害者の名前、殺されていた状況、捜査本部を大塚署に設けること——それだけだった。

当然、記者たちの質問が飛んだ。

「殺された動機は何ですか。」

最前列にいた長島が聞いた。

「まだ、わからない。」

一課長は無愛想に首を振った。

「夫婦の仲は良かったんですか。」

「まだ調べていない。」

「盗まれたものは?」

「捜査中だ。」

「昨夜十時ごろ、客があったそうだけど、間違いありませんか。」

「客用の座布団が一枚出してあった。客があったのかもしれんが、それ以上のことはまだわからん。」

「犯人は顔見知りでしょうか。」

「どうかね。」

一課長の答えはノラリクラリとして、いっこうに手応えがない。いつもこの調子で、記者たちを煙に巻いてしまうのだ。

「カギがみんなかかっていたのは、どういう理由《わけ》ですか。」

今度は福島が質問した。

「私にもわからんね。」

「とぼけちゃ困りますよ。出口がなければ、犯人は逃げられない。」

「それはそうだろう。」

「どこから逃げたかわかったんですか。」

「いや。まだ報告を受けていない。」

依然として、コンニャク問答である。

捜査の秘密を守り、事件を新聞記者たちにかき回されたくないという課長の気持ちはわかるが、こんな調子の相手をしていては、事件記者の仕事にならない。

「行こうぜ。」

長島は福島を誘って捜査係室を出た。一課長への質問を続けてもムダだと思ったからである。

二人は現場へ引き返すつもりだった。

現われた男

「客用の座布団があったというと、犯人は顔見知りの奴だな。」

長島はコンクリートの廊下を歩きながら、福島に言った。

「僕はやはり夫の早川がくさいと思うね。」

福島が答えた。

「隣の女中が見たという男も、早川だったかもしれない。」

「すると、座布団はどうなるんだ。」

「おそらく、客があったように見せかけるためじゃないかな。」

福島は考えを変えなかった。

長島が、見知らぬ若い男に声をかけられたのは、ちょうど警察の玄関を出ようとした時だった。

「捜査本部はどっちでしょうか。」

声をかけた男は、デニムの青いズボンに、薄汚れたワイシャツを着ていた。睡眠不足のような、腫れぼったい目をしている。長島たちを刑事と間違えたらしかった。

「どんな用ですか。」

長島は刑事になりすまして言った。

「じつは昨日の晩、早川さんへ行ったのは私なんです。」

若い男は低い声で言った。「今朝の新聞を見て、警察が私を捜しているらしいとわかったんで、驚いて飛んで来ました。犯人に間違えられたら大変ですから。」

「ふうん。早川さんへ行ったのは君か。何をしに行ったんだ。」

「金を貰いに行ったんですよ。早川さんが二月二十三日の晩、自家用車を運転して、新宿で信号無視のため私の友だちを怪我させたことがありましてね。それで私がその友だちに代わって、早川さんから治療代をとる交渉をしました。三月になって早川さんを訪ねたら、二万五千円くました。その時、二万五千円くれました。案外簡単に金をくれたので、要求すればもっととれると思ったんです。それの後、早川さんには五、六回会って、合計五万円くらい貰いました。私は仕事がなくて生活が苦しくなり、昨夜もまた、金を貰うつもりで早川さんへ行ったんです。」

「ゆすりに行ったのか。」

「そうじゃありませんよ。ちゃんと話し合って貰うんだし、怪我をした友だちはいまでも病院に入っていて、早川さんから貰った金の半分はそいつにやるんですからね。」

「それで、昨日の晩はどうしたんだ。」

「早川さんは留守だったんです。留守じゃしようがないから、すぐ帰りました。」

「奥さんもいなかったのか。」

「奥さんはいました。それがちょうど十時ごろだったと思います。ところが今朝の新聞を見たら、早川さんの奥さんが殺され、警察では昨夜の客を捜していると書いてあったんで、びっくりして飛んで来たんですよ。私は事件に関係ないんですからね。」

「君の名前を聞いておきたいな。」

「小泉昭太郎《こいずみしようたろう》といいます。」

長島は、メモのおわりに、若い男の名前を書いた。

そこへ、捜査一課の三戸森《みともり》刑事が通りかかった。

「情報《ネタ》をつかんだらしいな、記者さん。こっちにも流してくれないと困るぜ。」

「なに、たいした話じゃないんだが……。」

三戸森刑事に言われて、長島は慌てた。自分が刑事ではないということが、小泉にばれてしまったからだ。

「この男が、昨晩被害者《ガイシャ》を訪ねてるそうですよ。」

長島はそう言って、小泉を三戸森に渡すほかなかった。

「ほんとかい。」

三戸森刑事は驚いたように小泉を見ると、小泉の腕をかかえて、署の中へ連れて行った。

「惜しいところで、持っていかれちまったな。」

福島が残念そうに言った。

「とにかく、今の男の調べが終わるまで待つことにしようや。」

長島も口惜しそうだった。

小泉が犯人かどうかはわからないが、彼に聞きたいことは、まだたくさん残っていたのである。少なくとも、早川が交通事故を起こして、そのために恐喝されていたことは、小泉に聞いて初めて知ったことであった。

朝刊最終版

小泉の取り調べは、長い時間がかかった。

調室《しらべしつ》からでてきた三戸森刑事を、長島が捕まえたのは午後の一時過ぎだった。

「どうでした。」

長島が聞いた。

「わからんよ。一課長が調べているが、カツアゲ（恐喝）だけは簡単に認めた。」

「小泉は自分の恐喝をわざわざ言いに来たんですか。」

「そういうことになるな。」

「指紋を合わせればわかるでしょう。」

「駄目だよ。現場に犯人の指紋はなかった。」

「このまま釈放ですか。」

「いや、いちおう恐喝で逮捕するだろう。しかし、殺しに関係しているかどうかはわからんね。今朝、自由が丘の喫茶店で新聞を読んで、はじめて事件を知ったと言ってるんだ。」

「ちょっと待ってください。自由が丘で新聞を読んだというのは、本当ですか。」

「本当かどうかは知らん。小泉がそう言っているだけだ。」

「そう言ったことは確かですね。」

「それがどうかしたのか。」

三戸森刑事は眉を寄せた。

「面白くなりましたよ。」

長島は笑顔になった。

「何が面白いんだ。」

「事件が片付いたら、ラーメンくらい奢らせても良さそうだな。」

「じらさないで話せよ。何のことだ。」

「自由が丘で小泉が見たという新聞には、重役夫人殺しの記事なんか出てませんよ。都内の最終版は旧区内だけで、自由が丘へは行っていない。重役夫人殺しの記事は、どこの社でもようやく最終版にだけ間に合ったくらいだから、自由が丘に配達された新聞には出てないはずだ。新聞で事件を知ったというのはウソに決まってるね。」

「すると――。」

後は言うまでもなかった。小泉昭太郎は、新聞の記事を読むまでもなく、重役夫人の殺されたことを知っていたのである。

「ありがとう。」

三戸森刑事はニコッとして長島の肩を叩くと、調室《しらべしつ》へ引き返して行った。

小泉昭太郎は重役夫人殺しを否認し続けたが、家宅捜査の結果、血のついた千円札十四枚が発見された。

さらに事件のあった夜の十二時近い頃、彼がアパートでワイシャツを洗濯していたところを見た者があり、それが血のついたワイシャツだったことがわかって、ついに犯行を自供するに至った。

自供による犯行の状況は、次のとおりだった。

小泉は交通事故をネタに早川清二郎氏から数回にわたって金をゆすり取っているうちに、早川家の家庭事情を知って、二、三百万円くらいの金があるに違いないと見込みをつけた。

彼は高校を出るまでは学業の成績も良く、不良仲間とのつき合いもなかったが、学校を出てからは怠けぐせがついて、どこへ勤めても長続きせず、最近は仕事を捜す気もなく、ぶらぶらしていた。

事件の日、彼は、電話で早川清二郎氏が留守であることを確かめてから、登山ナイフを持って早川家を訪れた。そして部屋に通されると、いきなりナイフで、好子さんの胸を刺し、殺した。

部屋を物色したが、現金一万四千円あまりが見つかっただけだった。

翌朝、小泉はタクシーで渋谷まで出て新聞を買い、自分のことを書いてある記事を読んだ。そして、自分のことはいずれ早川の口から警察へ漏れるだろうし、恐喝をしたことがばれても、殺しのほうがごまかせるならと思って、自分から警察に出頭したのだった。

密室殺人のナゾは簡単で、勝手口の戸に差してあったカギを抜き、外から締めて逃げたのである。

〔1961年7月「高校進学」掲載〕

P+D BOOKS ラインアップ

居酒屋兆治 山口瞳 ●高倉健主演映画原作。居酒屋に集う人間愛憎劇

血族 山口瞳 ●亡き母が隠し続けた私の「出生秘密」

家族 山口瞳 ●父の実像を凝視する『血族』の続編的長編

江分利満氏の優雅で華麗な生活 《江分利満氏》ベストセレクション 山口瞳 ●〝昭和サラリーマン〟を描いた名作アンソロジー

血涙十番勝負 山口瞳 ●将棋真剣勝負十番。将棋ファン必読の名著

夢の浮橋 倉橋由美子 ●両親たちの夫婦交換遊戯を知った二人は…

P+D BOOKS ラインアップ

われら戦友たち	柴田翔	●名著「されど われらが日々――」に続く青春小説
公園には誰もいない・密室の惨劇	結城昌治	●失踪した歌手の死の謎に挑む私立探偵を描く
春の道標	黒井千次	●筆者が自身になぞって描く傑作〝青春小説〟
山中鹿之助	松本清張	●松本清張、幻の作品が初単行本化！
白と黒の革命	松本清張	●ホメイニ革命直後 緊迫のテヘランを描く
風の息(上)	松本清張	●日航機「もく星号」墜落の謎を追う問題作

P+D BOOKS ラインアップ

風の息（中）	松本清張	●〝特ダネ〟カメラマンが語る墜落事故の惨状
風の息（下）	松本清張	●「もく星号」事故解明のキーマンに迫る！
記憶の断片	宮尾登美子	●作家生活の機微や日常を綴った珠玉の随筆集
幼児狩り・蟹	河野多惠子	●芥川賞受賞作「蟹」など初期短篇6作収録
ウホッホ探険隊	干刈あがた	●離婚を機に始まる家族の優しく切ない物語
裏ヴァージョン	松浦理英子	●奇抜な形で入り交じる現実世界と小説世界

P+D BOOKS ラインアップ

海市　福永武彦　●親友の妻に溺れる画家の退廃と絶望を描く

風土　福永武彦　●芸術家の苦悩を描いた著者の処女長編作

夜の三部作　福永武彦　●人間の〝暗黒意識〟を主題に描く三部作

夢見る少年の昼と夜　福永武彦　●〝ロマネスクな短篇〟14作を収録

加田伶太郎 作品集　福永武彦　●福永武彦〝加田伶太郎名〟珠玉の探偵小説集

廃市　福永武彦　●退廃的な田舎町で過ごす青年のひと夏を描く

P+D BOOKS ラインアップ

罪喰い　赤江 瀑　●〝夢幻が彷徨い時空を超える〟初期代表短編集

春喪祭　赤江 瀑　●長谷寺に咲く牡丹の香りと〝妖かしの世界〟

おバカさん　遠藤周作　●純なナポレオンの末裔が珍事を巻き起こす

宿敵 上巻　遠藤周作　●加藤清正と小西行長 相容れぬ同士の死闘

宿敵 下巻　遠藤周作　●無益な戦。秀吉に面従腹背で臨む行長

銃と十字架　遠藤周作　●初めて司祭となった日本人の生涯を描く

P+D BOOKS ラインアップ

ヘチマくん　遠藤周作　●太閤秀吉の末裔が巻き込まれた事件とは？

フランスの大学生　遠藤周作　●仏留学生活を若々しい感受性で描いた処女作品

春の道標　黒井千次　●筆者が自身になぞって描く傑作〝青春小説〟

裏ヴァージョン　松浦理英子　●奇抜な形で入り交じる現実世界と小説世界

快楽（上）　武田泰淳　●若き仏教僧の懊悩を描いた筆者の自伝的巨編

快楽（下）　武田泰淳　●教団活動と左翼運動の境界に身をおく主人公

P+D BOOKS ラインアップ

虫喰仙次　色川武大　●戦後最後の「無頼派」、色川武大の傑作短篇集

小説 阿佐田哲也　色川武大　●虚実入り交じる「阿佐田哲也」の素顔に迫る

遠い旅・川のある下町の話　川端康成　●川端康成の珠玉の「青春小説」二編が甦る！

親友　川端康成　●川端文学「幻の少女小説」60年ぶりに復刊！

廻廊にて　辻邦生　●女流画家の生涯を通じ〝魂の内奥〟の旅を描く

夏の砦　辻邦生　●北欧で消息を絶った日本人女性の過去とは…

P+D BOOKS ラインアップ

眞晝の海への旅
辻 邦生
●暴風の中、帆船内で起こる恐るべき事件とは

大世紀末サーカス
安岡章太郎
●幕末維新に米欧を巡業した曲芸一座の行状記

前途
庄野潤三
●戦時下の文学青年の日常と友情を切なく描く

アニの夢 私のイノチ
津島佑子
●中上健次の盟友が模索し続けた〝文学の可能性〟

鞍馬天狗 1 鶴見俊輔セレクション
角兵衛獅子
大佛次郎
●〝絶体絶命〟新選組に取り囲まれた鞍馬天狗

鞍馬天狗 2 鶴見俊輔セレクション
地獄の門・宗十郎頭巾
大佛次郎
●鞍馬天狗に同志斬りの嫌疑！ 裏切り者は誰だ！

（お断り）

『公園には誰もいない』は１９７４年に講談社より発刊された文庫を、また『密室の惨劇』は１９６１年雑誌「高校進学」７月号に掲載されたものを底本としております。

あきらかに間違いと思われるものについては訂正いたしましたが、基本的には底本にしたがっております。

また、底本にある人種・身分・職業・身体等に関する表現で、現在からみれば、不当、不適切と思われる箇所がありますが、著者に差別的意図のないこと、時代背景と作品価値とを鑑み、著者が故人でもあるため、原文のままにしております。

結城昌治（ゆうき しょうじ）
本名：田村幸雄。1927年（昭和２年）２月５日―1996年（平成８年）１月24日、享年68。東京都出身。1970年『軍旗はためく下に』で第63回直木賞受賞。代表作に『白昼堂々』など。

P+D BOOKS
ピー プラス ディー ブックス

P+Dとはペーパーバックとデジタルの略称です。
後世に受け継がれるべき名作でありながら、現在入手困難となっている作品を、
B6判ペーパーバック書籍と電子書籍で、同時かつ同価格にて発売・配信する、
小学館のまったく新しいスタイルのブックレーベルです。

公園には誰もいない・密室の惨劇

2017年10月15日　初版第1刷発行
2024年5月15日　第2刷発行

著者　結城昌治
発行人　五十嵐佳世
発行所　株式会社　小学館
〒101-8001
東京都千代田区一ツ橋2-3-1
電話　編集　03-3230-9355
販売　03-5281-3555
印刷所　大日本印刷株式会社
製本所　大日本印刷株式会社
装丁　おおうちおさむ（ナノナノグラフィックス）

ISBN978-4-09-352317-2

P+D BOOKS